BELLE MÈRE

DU MÊME AUTEUR

LA VENTRILOQUE, éd. des Femmes, 1978.
LES ENFANTS DES AUTRES, nouvelles, Actes Sud, 1985.
LA DANSE OCÉANE, roman, Souffles, 1988.
UN SI JOLI PETIT LIVRE et autres nouvelles, Actes Sud, 1989.
VOUS ÊTES TOUTE SEULE ?, nouvelles, Actes Sud, 1991, Prix de la Nouvelle du Rotary Club.
MARTHA OU LE MENSONGE DU MOUVEMENT, roman, Manya, 1992.
LA CHATIÈRE, nouvelles, Actes Sud, 1993.

Romans pour la jeunesse, en collaboration avec Daniel Zimmermann : série *Les Aventuriers de l'Histoire*, Scandéditions-La Farandole, neuf titres parus.

ISBN 2-7427-0159-1

Illustration de couverture :
Dessin de Claire Dubreucq

Claude
Pujade-Renaud

BELLE MÈRE

roman

ACTES SUD
HUBERT NYSSEN EDITEUR

A Daniel Zimmermann

Comme on fait son lit on se couche, répétait sa mère. La voici dans celui de Blaisine Bouvier. Dans de beaux draps, certes. Métis, brodés à jours. La tête d'Armand, pesante, sur son épaule. Ils ne s'en sont pas si mal sortis pour de vieux jeunes mariés. Sept ans de veuvage, Eudoxie avait peur d'avoir désappris. Mais ça revient tout seul, comme lorsqu'on remonte à bicyclette après plusieurs mois, le corps se souvient.

Cette lueur étrange flottant dans la chambre la trouble, elle ne comprend pas d'où elle provient. Ah oui, le réverbère en face sur le boulevard, la lumière filtre à travers les fentes des volets et se reflète dans la glace de la grande armoire. Et ces pas au-dessus de sa tête, la locataire du premier se couche tard, on dirait, demain doivent avoir lieu les présentations. Eudoxie n'ose pas bouger, Armand semble si calme, davantage que sa maison. Les pas ont cessé. Le silence hanté d'une nouvelle demeure. Le silence d'après l'amour. Puis la voix d'Armand, ce silencieux, à demi étouffée contre son cou. Il est heureux, tellement, qu'elle l'ait accueilli… euh, vraiment accueilli, comme il a toujours rêvé qu'une femme… il ne sait comment dire, il est très heureux. La voix s'enfonce, se fait rauque : Blaisine ne l'a jamais désiré, elle s'est refusée à lui aussitôt après la naissance de Lucien, elle faisait chambre à part. Bien sûr il lui est arrivé de forcer sa porte, et le reste, mais ensuite elle lui rendait la vie impossible, il préférait s'abstenir et puis il n'est pas un violeur, il ne tirait aucun plaisir de ces rencontres, si on peut les appeler ainsi, et comme les passades c'est pas son genre, les filles encore moins… Blaisine, elle n'avait d'affection que pour son fils, c'est pour cela peut-être que Lucien est un peu… euh, original. Voilà, il avait besoin de le lui dire, ce soir il est comblé. La voix sombre vers le sommeil. Eudoxie caresse les cheveux, la joue, humide lui semble-t-il, et s'émeut de sentir contre son flanc ce corps encore gonflé de larmes, de souffrance et de sperme rentrés durant des années.

Etrange de se trouver dans ce lit à cause d'une petite annonce du *Chasseur français*. Bien banale : *veuf, cinquante-six ans, sérieux, souhaite finir vie tranquille avec femme douce, bonne ménagère, en vue mariage et affection*. Douce ? Eudoxie n'en sait rien, personne ne le lui a jamais dit. Ni son premier mari, ni Maurice son beau-fils : ils l'avaient pris avec eux entre quinze et dix-huit ans – avant il était dans la famille de sa mère, après il s'est engagé –, elle n'a pas vraiment élevé ce garçon et de toute façon un adolescent ne va pas déclarer à sa belle-mère qu'elle est douce. Bonne ménagère ? A la rigueur. Si elle n'a guère de prétentions culinaires, elle s'estime capable de tenir un intérieur. L'annonce précisait : *maison de rapport avec jardin, banlieue Paris, un enfant*. Moins banal, ce dernier point. A cinquante-six ans ? Cet enfant a tracassé Eudoxie avant qu'elle ne se décide à répondre. Tout en surjetant la robe d'une cliente, elle se dévidait des histoires. Cet homme, sur le tard, avait épousé une jeunesse – le démon de midi ? –, elle était morte en couches, lui laissant un bébé sur les bras. Eudoxie venait d'avoir quarante-sept ans, elle ne se voyait pas nourrice. Ou peut-être s'agissait-il d'un petit-fils, un orphelin resté à sa charge ? Elle avait fini par écarter ces suppositions : des clichés de mauvais roman, avait-elle décrété, bien qu'elle ne se sentît guère qualifiée en la matière. Et puis d'abord, fille ou garçon, ce rejeton ? Elle-même n'a pas eu d'enfants avec son mari, elle ne sait pas pourquoi, ça s'est fait ainsi, ça ne s'est pas fait plutôt, il valait mieux puisque Gilbert Hennequin est mort jeune, quarante-trois ans, cancer de l'estomac, elle a souvent pensé qu'il était un peu trop porté sur l'alcool.

Elle a écrit, Armand Bouvier l'a invitée à venir le voir : au 4, boulevard Verd-de-Saint-Julien, la gare c'était Meudon Val-Fleury, il fallait prendre le train aux Invalides. Un trajet un peu compliqué depuis Levallois. Eudoxie a toujours aimé écouter ce que racontent les mots. Ce départ des Invalides n'était pas de très bon augure mais Val-Fleury et Verd-de-Saint-Julien résonnaient plaisamment de promesses florales et verdoyantes, bien qu'elle ait repéré que ce Verd ne prenait pas de *t*. Durant le trajet, entre Issy-les-Moulineaux et Bas-Meudon – se serait-elle déplacée si ce Bouvier avait habité Bas-Meudon ? –, elle s'est ressaisie, a repensé à l'enfant de l'annonce, prudence, il faut se méfier des noms trop idylliques. Elle n'allait tout de même pas se laisser aller à rêvasser comme une midinette de quinze ans et d'ailleurs la petite cousette qu'elle fut n'en avait pas le temps, elle devait ramener sa paye à la maison.

Ce mois de mars 1935 sentait encore l'aigreur de l'hiver, pas une feuille aux arbres. Le pavillon à deux étages en pierre meulière semblait bien bâti, Armand Bouvier aussi. Il a expliqué : lui s'est installé au rez-de-chaussée, au-dessus c'est loué. Un jardin boueux, une partie en potager juste devant la cuisine, une autre d'agrément, ornementée d'une tonnelle. Entre les deux, un grand appentis en bois. Armand Bouvier a désigné un pommier noirâtre et quelques crocus frileux, en été c'est très agréable. Eudoxie a bien voulu le croire. Pas d'enfant en vue. Juste un chat, lisse et gris, se coulant hors d'une fenêtre basse située à côté de la porte de la cuisine.

— Le chat de mon fils.

Il n'en a pas dit plus, elle n'a pas posé de questions. Dans la salle à manger, autour d'un café tiède, ils ont préféré se présenter leurs défunts conjoints. Blaisine Bouvier était décédée un an auparavant, elle s'était tuée à la tâche – enfin il y a tâche et tache, elle tenait la gérance d'une teinturerie – pour qu'ils puissent acheter ce terrain et faire construire, c'était son idée fixe depuis leur mariage. Et voilà, elle était morte lorsque la maison avait été achevée et les rideaux posés. Alors lui il avait décidé d'arrêter, avant il était livreur de bière, et de vivre avec les loyers et les revenus de quelques actions, oh, pas grand-chose, plutôt que de crever stupidement sans avoir profité de rien. Son seul regret : ses deux chevaux. Il aimait les nourrir et les bouchonner, leur odeur c'était encore un peu de son village natal, Le Ribay. Sa voix avait frémi en évoquant les bêtes et leur écurie, s'était aplatie en revenant vers les humains :

— Chez moi, dans la Mayenne, on dit : "Quand la maison est finie, quelqu'un s'en va."

Eudoxie estima devoir s'en tenir à une réserve pudique. Quelqu'un était parti, quelqu'un allait entrer ? Le chat frôla sa jambe, elle sursauta, il avait déjà disparu.

— Il n'est pas méchant, affirma Armand Bouvier.

Pourquoi a-t-elle eu l'impression qu'il lui parlait de son fils ? Elle évoqua Gilbert Hennequin, lui c'était la boisson qui l'avait tué et comme son père à elle, également... Armand la rassura : lorsqu'il distribuait ses fûts de bière dans les cafés il n'acceptait jamais un canon, à présent juste un peu de rouge au dîner et le dimanche un petit verre du calvados que son frère lui envoie de la ferme. Eudoxie a bien voulu se laisser convaincre, cet homme dégageait un calme solide et ce devait être agréable, ouvrant la porte de la cuisine, d'avoir la salade et le persil à portée de main. Armand a juste ajouté, très vite :

— Mon fils n'est pas encombrant, il part tôt, rentre tard et se fait lui-même sa cuisine. Il est un peu sauvage, la mort de sa mère l'a beaucoup atteint.

Eudoxie n'a pu que s'incliner. Armand l'a raccompagnée jusqu'au portail. En descendant l'allée, Eudoxie a aperçu un homme sortant de l'appentis. La trentaine environ, maigre, un béret basque barrant en oblique une oreille. Le chat gris sur l'épaule, il la regardait fixement. Les yeux du chat lui avaient paru plus humains.

A présent, Armand ronfle avec discrétion, la tête toujours calée contre le cou d'Eudoxie. Elle écoute, tente d'apprivoiser de menus bruits inconnus. Gargouillis de plomberie, craquements de boiserie. Dans le jardin des félins feulent et se battent pour la conquête d'une femelle. Blaisine n'aimait pas baiser. Eudoxie s'en veut d'avoir laissé affleurer cette phrase, une nouvelle fois les mots lui jouent des tours. Comme une inconvenance à l'égard de la défunte, pire que d'avoir fait l'amour dans le lit où elle est morte. Toujours cette lueur fantôme qui semble émaner de l'armoire, elle finira bien par s'y habituer. De même qu'à cette odeur surie. A présent des pas, tout proches, des pas feutrés dans la salle à manger, juste à côté. Quelqu'un écoute et guette, Eudoxie se sent mal à l'aise. Lucien ? Il a dû préférer dîner à l'extérieur et rentrer tard. Elle n'est plus seule, c'est ce qu'elle a voulu. Mais elle ne parvient pas à s'endormir, elle est triste, elle pense à Blaisine.

Ils l'ont profanée, je les ai entendus. Quand j'étais petit, j'épiais ainsi, je savais qu'il lui faisait mal, je voulais le tuer.

Et toi le chat, toi qui rentres avec une oreille déchirée, repu d'avoir couvert la rousse tigrée des voisins, tu es aussi animal qu'eux. Viens dormir avec moi quand même, cette nuit je ne veux pas être seul.

— C'est drôle, Nonotte, pour un chat.

— Lucien croyait que c'était une chatte lorsqu'il l'a ramené, tout petit.

Il aime les bêtes, ce doit être un bon bougre même s'il est renfermé. C'est le cas de le dire : il boucle la porte de sa chambre, qu'il en sorte ou qu'il y entre. Le dimanche il se barricade dans l'appentis, sa cabane à bricolage, à moins qu'il n'aille se promener dans le bois de Meudon.

Nonotte est casanier. A l'occasion Eudoxie lui propose un os de poulet, des croûtes de fromage ou le gras du jambon. Elle le regarde manger sans l'approcher, lui parle calmement. A présent le chat vient vers elle, se laisse caresser et la gratifie d'un ronronnement lointain, il a la politesse du ventre discrète. En voilà un d'amadoué. Parfois Eudoxie abandonne ostensiblement sur la table de la cuisine une part de tarte ou de quatre-quarts, aucun risque, Nonotte n'aime pas la pâtisserie. Les premiers temps, elle l'a retrouvée intacte. Depuis peu il ne reste que des miettes éparses. Nulle lettre de digestion bien sûr, mais Eudoxie n'en attendait pas.

Avec précaution elle met ses pieds dans les traces d'une autre. De Blaisine, Armand ne parle plus. Il est retourné à son jardin et son silence de paysan. Les objets et les meubles parlent, à leur façon, témoignant d'un goût pour la belle vaisselle et le linge damassé. A quel prix… Ils prescrivent des trajets et des gestes obligés. Le matin, après avoir sorti le paquet de café placé dans un placard à côté de la porte, Eudoxie va chercher le moulin dans l'élément en face. Sa logique à elle aurait été de rassembler les deux au même endroit mais elle tient à ne rien modifier, marchant derrière Blaisine. Lucien est déjà parti, il travaille dans un atelier de mécanique, à Malakoff. Il a laissé sur la paillasse de l'évier un bol où trempe un croûton brunâtre. Eudoxie jette et nettoie.

Blaisine s'asseyait-elle sur ce tabouret, le moulin calé entre les genoux incrustant ses rebords à l'intérieur des cuisses ? La manivelle est un peu dure, il faut appuyer. Tout en tournant, Eudoxie regarde la rosée se résorber sur les laitues et l'oseille. Il ne lui déplaît pas de passer par les fourches caudines de Blaisine pour aller de la table à la gazinière. L'odeur du café monte, Eudoxie range, là où elle a trouvé. Armand lui a suggéré d'organiser la maison comme bon lui semblait, elle s'en garde bien. Remettre chaque chose à sa place est un geste de courtoisie à l'égard de celle qui lui a laissé la place. Oui, une forme de respect qui lui permet de retrouver Armand le soir, avec plaisir mais parcimonie, elle n'est pas une bête, lui non plus, et le jardin lui donne des maux de reins.

Fin juillet, petits pois et haricots verts abondent, il faut ramasser, éplucher, mettre en conserve. Armand lui montre comment stériliser les bocaux dans la lessiveuse, elle ne l'avait jamais fait. Elle goûte l'agrément de confectionner une soupe ou une jardinière avec des légumes tout frais cueillis. Ils en donnent aux locataires. Mme Léone, au premier, tient une mercerie-bonneterie, elle invite la nouvelle propriétaire à venir voir sa boutique et bavarde volontiers lorsqu'elle vient prélever son brin de persil quotidien. Grâce à elle Eudoxie est initiée aux menus événements du quartier, elle se sent déjà moins étrangère. Au second Mlle Rentier, une assistante sociale, et sa mère s'avèrent plus distantes, ce doit être à cause de leur nom.

Tout en repérant les boutiques d'alimentation, Eudoxie apprivoise les alentours, découvre une église russe aussi bien qu'un Potager du Roi. Partout des jardins, presque toujours la cabane à poules et à lapins dans un angle, des sentiers ombreux recouverts de berceaux de verdure, ils se faufilent entre des pavillons qui se donnent parfois des airs endimanchés à l'aide d'un perron à pilastres ou d'une véranda aux vitres colorées. Eudoxie hume au passage des odeurs de terre mouillée, de fumier ou de chèvrefeuille. Ça lui fait tout drôle, sortant de chez l'épicier avec son kilo de gros sel et son litre d'huile, de rentrer par une venelle campagnarde, s'étirant en une courbe paresseuse qui invite à ralentir le pas. A Levallois, les rues étaient à angles droits, les immeubles se pressaient les uns contre les autres – pourquoi lorsque tout est géométrique se croit-on obligé de se hâter ?

Elle a pourtant pris son temps avant de passer du 9 au 12 de la rue Vergniaud. Née au 9, elle a mis trente ans pour traverser la rue et se marier. Sa mère, Amanda, avait voulu la garder longtemps auprès d'elle, lui parlant souvent de son bourg natal, La Délivrande. Amanda souhaitait y retourner. Un beau nom, mais il faut se méfier du leurre des mots. Seule la mort l'avait délivrée. A Levallois, bien sûr, brusquement. Tout ce qu'Eudoxie regrette de son existence de couturière à domicile, c'est le ronronnement rassurant de la machine – sa belle Singer or et noir, son seul trésor, ici elle l'a installée dans la chambre – et la succession des clientes. Elles dévidaient leurs petites histoires, l'intimité se déballait en même temps que la jupe glissait, des bribes de vie extérieure bruissaient avec le froissement des étoffes. Certaines lui prêtaient des bouquins : lire, son grand plaisir. A Meudon c'est calme, presque trop. Lucien, n'en parlons pas, une ombre, et Armand n'est pas très causant. D'emblée il s'est opposé à ce qu'elle reprenne son métier, pas de bonnes femmes défilant à la maison pour des essayages, il tient à sa tranquillité. Et puis Levallois, c'était son enfance : le regard d'Amanda délavé par la fatigue, les coups de gueule du père après un coup de trop, jamais violent, plutôt joyeux. Oui, comme on fait son lit on se couche, répétait volontiers Amanda et elle estimait qu'avoir fait sa vie avec le nommé Alexandre n'était pas une réussite. Amanda, Armand, les deux prénoms dérapent soudain dans la tête d'Eudoxie, tiens c'est curieux, elle n'avait pas fait le rapprochement. En renonçant à travailler, elle a eu quelque peu le sentiment de trahir sa mère, usée par les lessives des autres : le père laissait une partie de sa paye de tailleur de pierre aux bistrots et aux socialos, Amanda devait suppléer.

Armand aime dîner de très bonne heure, comme à la ferme. Un potage où il fait chabrot – Eudoxie découvre cette pratique avec étonnement mais le vin mélangé à la soupe est sûrement moins nocif –, une salade, un fromage, c'est vite expédié, la vaisselle aussi. Le couple se retrouve dans la salle à manger pour la traditionnelle partie de dames. Tout en se laissant prendre ses pions, Eudoxie guette, malgré elle. La lumière dans la cuisine, des bruits métalliques, Lucien doit se faire chauffer une boîte de cassoulet ou de lentilles – il s'approvisionne lui-même –, une odeur de brûlé, Armand jette sur sa femme un regard ferme, elle se retient d'intervenir. Armand gagne, comme d'habitude. La lumière s'éteint, Lucien part faire son tour dans le jardin, il rentre dans sa chambre par la fenêtre, tel un chat. Eudoxie n'a plus qu'à aller gratter la casserole, ce n'est pas ce qui la dérange le plus.

Un matin, éveillée de très bonne heure par les chants d'oiseaux, elle entend fourgonner dans la cuisine et se redresse pour se lever. Une main insistante sur son épaule, Armand l'attire contre lui, elle croit à un geste de tendresse puis comprend : il ne tient pas à ce qu'elle se retrouve face à face avec Lucien. Durant le petit déjeuner, pour la première fois, elle attaque avec vivacité :

— Enfin, ça devient ridicule cette situation ! On ne va pas continuer à s'éviter, ça ressemble à quoi ?

Armand se tasse sur sa chaise, compact, sans répondre. Très vite Eudoxie devine : à son insu elle vient de se glisser dans les empreintes de Blaisine, il devait se rencogner de la sorte lorsque sa première femme lui faisait une scène. Elle ramène sa voix un ton plus grave et ses mains sur son tablier :

— Je préférerais le rencontrer et lui parler. Une explication franche et tout irait mieux, non ?

— Il est à moitié sourd. Et puis autant laisser faire le temps, ça s'arrangera, à la longue…

Ce n'est pas sa morale à elle. Entre Amanda et le père ça pétait sec souvent, mais c'était vivant, amoureux. Ici, ce devait être la maison des secrets et des silences, des haines marinées, mijotées. Et qu'est-ce que c'est que cette histoire de surdité ? A trente-trois ans ? Parce que ça l'arrange, oui !

Ce dimanche soir Armand s'est couché aussitôt après le souper, il a attrapé un lumbago à force d'avoir biné autour des pieds de tomates. Eudoxie va prendre le frais sous la tonnelle, dans l'odeur de l'herbe et du chèvrefeuille. Elle se plaît ici, elle refait sa vie, comme on dit, à l'ombre d'une autre. Sur le bien d'une autre, chèrement payé. Ce n'est pas elle qui l'a tuée. A présent, la lueur nocturne dans la chambre ne l'inquiète plus.

Mme Léone vient d'arrêter sa radio et l'on entend, très atténuée, rumeur d'océan lointaine, la palpitation de Paris. Oui, elle est bien, au bout du compte, elle respire mieux qu'à Levallois. Il lui manque seulement de tailler une robe, de temps à autre. Elle pense à sa mère sans remords, après tout se consacrer à un homme sans avoir à travailler, c'est ce qu'Amanda aurait souhaité. Il faut prendre les gens comme ils sont, elle a pris Armand avec Lucien, sur ce point l'annonce ne trichait pas, pas plus que sur le reste.

Eudoxie revient vers la porte de la cuisine et s'arrête sur le seuil. Debout, Lucien dévore le reste de la tarte aux pommes, un bon tiers. Elle le regarde manger, sans bouger. Peut-être est-il un peu dur d'oreille effectivement, il ne semble pas avoir repéré sa venue.

— Elle est bonne ?

Cette fois, elle aperçoit de près son visage, les yeux bleus délavés – un écho de ceux d'Amanda –, le nez triste, la maigreur longue des traits. Un peu chevalins. Bizarrement elle repense aux chevaux d'Armand. Elle voit enfin son regard sur elle, effaré. Il s'essuie les lèvres d'un revers de main, recule vers le corridor et s'enferme précipitamment dans sa chambre.

Je n'aurais pas dû toucher à cette tarte. Elle était bonne, certes, mais c'était un piège. Cette femme a les yeux bleus, moi aussi, je n'aime pas cette ressemblance. Elle m'a eu, je me suis fait avoir tel un gosse. Comme toi, Nonotte. Depuis qu'elle est arrivée, tu as engraissé.

Elle pose le râble dans l'assiette d'Armand. Il regarde, hésitant, coupe et mâche avec lenteur, rumine, on dirait qu'il cherche une autre saveur, puis continue à manger comme si de rien n'était. Blaisine ne devait pas faire le lapin à la moutarde. Mais à quoi ? Eudoxie met son mouchoir par-dessus. Elle a senti chez Armand le même étonnement guindé le jour où elle lui a servi du boudin à la compote de pommes. Il l'a avalé, néanmoins, après avoir un peu chipoté. Armand ne fait jamais de remarques sur sa cuisine ni ne suggère tel ou tel plat, lui aussi la prend telle qu'elle est.

Eudoxie se décide à sortir le livre de cuisine rangé dans un tiroir du buffet Henri II : l'événement de cette fin septembre est une invitation pour dimanche prochain. La tante Firmine, une sœur de Blaisine, la seule avec laquelle Armand ait conservé de bonnes relations, vient déjeuner. Veuve, elle habite un petit pavillon de l'autre côté de Val-Fleury, non loin de l'orphelinat, il serait décent à présent qu'elle fasse la connaissance de sa belle-sœur. Non, non, elle n'est pas du tout butée comme Lucien, aucune crainte à avoir, tout se passera bien, d'ailleurs ce serait l'occasion de proposer à son fils de manger avec eux, exceptionnellement.

Eudoxie tergiverse entre un poulet et un rôti de veau. Feuilletant le chapitre des desserts, elle constate que Blaisine avait encarté entre certaines pages des recettes recopiées à la main. Cake à la cannelle, non, cela conviendrait mieux pour un goûter que pour une fin de repas. Le saint-honoré lui paraît hasardeux à réussir. Elle déplie une feuille aux plis anciens très marqués : *Je n'aime que toi, maman, tu as une peau si douce. Tu es ma douce, pour toujours. Je n'aurai jamais d'autre femme que toi.* L'écriture paraît enfantine, bien qu'elle puisse être celle d'un adolescent. Eudoxie retourne le papier : gâteau marbré. Cette fois les jambages sont affirmés, ciselés. Blaisine rédigeait en belle ronde. Eudoxie replie avec soin et replace à la même page. Il sera plus simple de faire une tarte aux poires.

Aussi liante et causante que son neveu est renfrogné, la tante Firmine sait trouver les mots pour louer la cuisson du rôti et la bonne mine d'Armand. Feignant d'ignorer l'attitude de Lucien – il n'ouvre la bouche que pour engouffrer –, elle fait parler Eudoxie sur son ancien métier de couturière. Justement, elle a un patron de jupe mais n'ose pas tailler elle-même.

— Je viendrai après-demain vous la faire.

Deux jours après, la tante Firmine fait à Eudoxie les honneurs de son pavillon. La visite commence par le poulailler, sa grande fierté. Dans la cuisine, elle lui sert du café tandis qu'Eudoxie s'attaque à la jupe – un modèle très simple, aucun problème, elle aura achevé dans l'après-midi. La tante Firmine relance en souplesse la conversation, elle se doute qu'Eudoxie n'est pas toujours à la noce avec son neveu. Il ne faut pas lui en vouloir, il est resté un peu bizarre après cette mauvaise typhoïde, juste à la fin de la guerre, il avait seize ans. Il est vrai que Blaisine l'a beaucoup trop gâté et couvé, elle souffrait des organes et n'aimait pas son mari, elle a tout consacré à son fils. Cinq filles elles étaient à la maison, des petits paysans du Béarn, à quinze ans, l'une après l'autre, elles montaient se placer à Paris, domestiques, serveuses de café, douze heures par jour, des salaires de misère et le mépris des patrons, c'était dur. Blaisine était fière, elle ne supportait pas les humiliations, elle a voulu un commerce à elle et s'y est épuisée. Tout d'un coup, Eudoxie a envie de parler d'Amanda, épuisée elle aussi, morte trop tôt. Elle attaque l'ourlet et se surprend en train d'évoquer son père :

— Il avait gardé la nostalgie de la Commune. Sur un mur de la cuisine, il avait punaisé le portrait de Louise Michel. Plus tard, juste en face, il a placé celui de Jaurès. J'étais comme ma mère, je détestais ces deux têtes, Louise Michel surtout et son air de virago triste.

— Ce n'était pas une mauvaise femme, pourtant.

— Non, mais pour moi c'était la rivale de ma mère, obligée de travailler à cause de la passion de mon père pour le socialisme. Moi, maintenant, je me méfie des socialistes comme des communistes.

La tante Firmine aussi, en tout cas elle est ravie de la jupe, elle ne sait comment remercier, elle n'en a jamais eu de si parfaitement finie.

Armand semble à la fois soulagé et agacé que sa femme s'entende aussi bien avec la tante Firmine. Lorsque Eudoxie le questionne sur ses autres belles-sœurs, il hausse les épaules et bougonne, il ne les a jamais beaucoup fréquentées et à présent, plus du tout. Des malheureuses et des faiseuses d'histoires, toujours à se plaindre, quand c'était pas l'asthme c'était les rhumatismes ou une maladie de leur cru – Lucien tient d'elles d'ailleurs, il se bricole des maux imaginaires ou les attrape dans son dictionnaire de médecine, son livre de chevet –, fricotant dans le spiritisme et les tables tournantes, en grande conversation avec leurs morts lorsque ceux-ci voulaient bien leur répondre, oui des geignardes, en deuil à perpétuité, on ne savait pas de quoi, sauf…

— Sauf quoi ?

— Rien, rien, une vieille histoire.

Il se ferme. Elle ne touche jamais aux silences d'Armand, pas plus qu'au beau service *Flora* de Blaisine, des liserons bleus sur fond blanc, rangé dans le buffet Henri II.

Une arrière-saison douce et dorée. Eudoxie a l'impression d'avoir déjà passé ici plusieurs débuts d'automne. Ces lieux tranquilles ont apprivoisé en sourdine sa mémoire et son corps. Elle n'a même plus envie d'aller faire un tour à Levallois. La tante Firmine vient de plus en plus souvent profiter du jardin, elle apporte des œufs de ses poules et repart avec des pommes ou de la salade. En présence de sa tante, Lucien consent à proférer quelques mots – elle lui fournit un alibi – mais n'adresse ni paroles ni regards à sa belle-mère. Les deux femmes tricotent sous la tonnelle tandis qu'Armand fait la sieste ou désherbe, à distance des confidences féminines. Lucien, ce dimanche, vient de sortir. La tante Firmine commente :

— Il a pris son maillot pour aller se baigner à l'étang de Trivaux. Il a toujours aimé nager, c'est peut-être ce qui l'a maintenu, lui si fragile.

Fragile ? Eudoxie n'en est pas persuadée. Le genre de phrases que l'on répète dans les familles jusqu'à ce que chacun finisse par y croire, bien qu'elles soient sans fondement. Dans le bavardage cliquetant des aiguilles les voix se glissent, égales, l'après-midi s'étire. En bonne couturière, Eudoxie essaie de comprendre sur quelle chaîne sa vie est venue se tramer :

— Et vos autres sœurs, qu'est-ce qu'elles sont devenues ?

— Marie-Jeanne et Jeanne-Marie, les jumelles, sont reparties au pays.

— C'est curieux, ces doubles prénoms inversés.

— C'est parce que nos tantes s'appelaient Jeanne et Marie, et nos deux grands-mères, l'une Blaisine et l'autre Firmine. Dans notre famille, on donnait toujours aux filles les prénoms des femmes d'avant.

— Ah bon ? Ça se répétait, en somme. Et la cinquième ?

— Marceline, la petite dernière. Elle, on lui avait attribué le prénom de notre arrière-grand-mère. Je l'aimais beaucoup, Marceline, c'était la plus belle mais aussi la plus délicate… Justement, je crois qu'il reste un portrait d'elle dans la chambre de Lucien, je vais vous le montrer.

— Il ferme à clef lorsqu'il s'en va.

— On peut passer par la fenêtre, elle n'est que poussée.

Eudoxie n'apprécie guère cette intrusion mais n'ose s'opposer à la tante Firmine, après tout c'est elle qui est de la lignée de Marceline et de Lucien, une lignée où, semble-t-il, les femmes ont estompé les hommes. La fenêtre, très basse, est facile à franchir. La pièce est moins sale qu'elle ne l'imaginait. Elle est surprise par l'ameublement très moderne, astucieusement conçu pour tirer parti de cet espace réduit. Un pan de mur est recouvert de rayonnages remplis de livres. Curieuse, elle regarde : des bouquins techniques, mais aussi de sciences et de littérature.

— Il a tout fait par lui-même, souligne sa tante, il a beaucoup de goût et d'idées. Dommage quand même qu'il en soit là, un garçon aussi doué… Tenez, c'est elle, Marceline.

Une photographie très fin de siècle, montée dans un grand cadre ovale. Le col de guipure, baleiné, souligne la minceur du cou. Les cheveux moussent sur le front, le regard châtaigne fixe l'absence. Fort jolie, oui, mais étrange.

— La photo a été prise au moment de ses fiançailles. Blaisine l'a fait agrandir, après.

— Après ?

— Marceline s'est noyée dans le lac du bois de Vincennes, cinq jours après son mariage. Noyée, enfin, suicidée…

Eudoxie s'apprête à demander si l'on a su pourquoi. La clef tourne dans la serrure, le chat entre le premier, museau inquisiteur, la voix de Lucien est rauque :

— Sortez, sortez toutes !

Toutes mes femmes, mes femmes rien qu'à moi, Blaisine et Firmine, Marie-Jeanne et Jeanne-Marie, et Marceline qui ressemblait tant à ma mère, Marceline dont j'ai placé le portrait face à la glace de la cheminée pour qu'elle ne cesse de se refléter dans cette eau verdâtre. A l'étang de Trivaux aussi l'eau est verte et trouble.

Marceline a bien fait de se tuer puisque cet homme l'avait touchée, blessée. Au moins elle n'aura pas souffert aussi longtemps que ma mère.

Un an plus tard, cherchant à la cave des bocaux pour les conserves de tomates, Eudoxie découvre derrière une planche un grand carton à dessin. Intriguée, elle le remonte et l'ouvre : des croquis bizarres, accompagnés de notes où elle reconnaît l'écriture enfantine du billet doux glissé dans le livre de cuisine. Un cahier est entièrement rempli de calculs qui semblent fort compliqués. Armand regarde avec réticence ce déballage :

— Une invention à Lucien. Qui n'a pas abouti, bien sûr.

Eudoxie n'en tirera pas plus. Elle replace le carton au même endroit et, selon la coutume, consulte la tante Firmine. Cette dernière avait très vite enterré la noyée du lac – Marceline n'aurait pas supporté les façons de faire de son mari, un vicieux – mais s'avère loquace sur son neveu. C'est vrai, Lucien a échoué, ce n'était pas sa faute. Très jeune, il a eu le génie des moteurs, on n'avait jamais vu ça dans cette famille de paysans. Tout ce qui lui tombait sous la main, il le démontait et le recomposait à son idée.

— Pourtant, il n'a pas fait d'études ?

— Il a été jusqu'au brevet. Après, Armand a exigé qu'il travaille. Blaisine était furieuse, elle voyait déjà son fils ingénieur. Armand, parfois, est un peu radin.

— Je sais… Ingénieur en quoi ?

— En mécanique. Dans tous les garages et ateliers où Lucien passait, les patrons disaient qu'il réparait de façon remarquable. A vingt-deux ans, il a expliqué à sa mère qu'il allait concevoir un moteur de voiture, un modèle tout à fait nouveau, si ça marchait ils seraient riches. Son ancien instituteur du cours complémentaire lui a conseillé d'aller prendre des cours du soir au Conservatoire des arts et métiers, il les a suivis durant trois ans, jusqu'à l'obtention du diplôme final.

— Eh bien, ça prouve qu'il est plus costaud qu'il n'y paraît s'il a réussi en même temps à travailler et à faire des études !

— Parce que ça l'intéressait. Par la suite, il a pris un boulot à mi-temps de façon à avancer plus vite sur ses recherches. En douce, Blaisine comblait le déficit.

— Et alors ?

— Son ex-instituteur lui a conseillé d'aller faire breveter son œuvre auprès du Bureau des inventions. Et là on lui a dit que sa démarche était impeccable mais que ce moteur à cylindre tournant avait déjà été enregistré, un an auparavant. Citroën, après avoir cherché à l'exploiter, avait renoncé à cause du coût.

— Et il n'a pas essayé de mettre au point un autre modèle ?

— Non, il s'est effondré. Une sorte de léthargie, il a fallu l'envoyer se rétablir dans le Béarn. Pour moi, la maladie de Blaisine a commencé à la suite de ce déboire, trois années de labeur acharné annulées d'un coup !

Les jours suivants, Eudoxie rumine autour de cette histoire. Ainsi, sous l'ouvrier dont elle lave les bleus se dissimulerait un inventeur ? Et qu'est-il donc en train de concocter dans sa grande cabane du jardin ? Rien, rétorque Armand, des bricoles, il faut se méfier de ces ratés que leurs mères prennent pour des génies. Cette fois, Eudoxie trouve son mari un peu dur.

Mauvais même à l'occasion, lui si paisible le plus souvent. Un dimanche matin, sortant de la cuisine pour ramasser de l'oseille, elle aperçoit le père et le fils face à face, entre la tonnelle et l'appentis. Armand explose :

— Tu vas faire ce que je t'ai dit, et tout de suite !

Lucien ne répond pas. Armand marche sur lui. Un percheron, se dit-elle, il va le piétiner. Elle se retient d'intervenir. Lucien esquive sans céder de terrain. Une dégaine de lévrier efflanqué, une légèreté étrange. Il danse, à sa façon. Son visage est lisse, presque enfantin, alors que celui d'Armand se congestionne. Eudoxie se surprend à penser qu'elle n'aimerait pas voir le percheron écraser le lévrier. Brusquement, d'une pirouette désinvolte Lucien se détourne et, très félin cette fois, se faufile entre deux troènes de la haie qui sépare le jardin de celui des voisins. Armand revient vers la maison, poings serrés, yeux injectés. Eudoxie s'absorbe dans la cueillette de l'oseille.

— Je lui ai demandé de récurer le fossé, il a refusé. Il était déjà comme ça lorsqu'il avait dix ans. Sa mère l'a toujours soutenu contre moi, voilà le résultat !

Pour la seconde fois, Armand vient d'évoquer Blaisine. Eudoxie demeure silencieuse. Le soir elle guette le retour de Lucien. Prudent, il ne pénètre dans sa chambre qu'un peu avant onze heures, elle l'entend refermer ses volets. Elle pourrait s'endormir enfin, elle rumine à nouveau. C'est vrai qu'il est exaspérant. Fuyant quand on aurait besoin de lui, surgissant lorsque l'on ne s'y attend pas. L'autre jour elle parlait à Armand de sa mère et de La Délivrande. Armand connaissait ce bourg, adolescent il s'y était rendu en pèlerinage, la Mayenne n'est pas loin de la Normandie. Eudoxie était tout heureuse qu'il lui décrive ce lieu cher à Amanda, du coup elle a voulu aller chercher du cidre à la cave. En ouvrant la porte de la salle à manger, elle s'est trouvée nez à nez avec Lucien. Ecoutait-il la conversation, lui, le sourd ? Instantanément il a disparu, avalé par l'obscurité du corridor.

Peu après, elle reçoit une lettre de Maurice, son premier beau-fils. Curieux, sa destinée aura été d'être stérile et, par deux fois, de devenir la seconde femme d'un homme père d'un garçon. Revenu d'Indochine, Maurice a eu sa nouvelle adresse par une ex-voisine de Levallois, il aimerait lui dire bonjour avant de partir rempiler. Elle demande à Armand si elle peut l'inviter à déjeuner un dimanche, elle serait contente de le revoir, c'est le seul enfant dont elle se soit un peu occupée et elle tient à lui remettre quelques objets venant de son père. Armand accepte et prévient Lucien, qui ne commente pas.

Il surgit au dessert, à demi hagard. Sa silhouette dégingandée se déglingue par à-coups spasmodiques, sa voix dérape dans les aigus lorsqu'il se met à invectiver la tablée : il est ici chez lui, c'est sa maison, il ne tolérera pas qu'un autre s'y introduise ! Blême, Maurice se lève. Eudoxie, figée, les regarde, ils ont un peu la même allure, c'est vrai qu'ils sont proches par l'âge, elle n'y avait pas pensé. Déjà Armand a empoigné Lucien, l'a poussé vers sa chambre et l'y a enfermé à double tour, comme un môme.

Il revient, tremblant de rage, s'excuse auprès de Maurice et lui sert un calvados.

— Cette maison vous est ouverte, vous revenez quand vous voulez. Le malheur a voulu que j'ai un fils fou.

L'annonce ne le précisait pas. Eudoxie préfère ne pas le croire : après tout cette crise s'explique, Lucien a dû s'imaginer que Maurice allait venir habiter avec eux, il a été affolé à l'idée que la maison maternelle serait occupée par un étranger. En cachette, à son tour, elle dépose une part de gâteau au chocolat sur le rebord de la fenêtre.

Le lendemain, informée de la scène, la tante Firmine commente :

— Il est jaloux, il voudrait être votre unique enfant.

— Jaloux ? Vous savez bien qu'il ne m'a jamais acceptée, il ne me parle pas.

— Mais il mange votre pâtisserie, ce n'est pas rien ! Je le connais mon neveu, il a toujours eu peur que la nourriture lui fasse mal, voire même l'empoisonne.

Une forme de dinguerie à lui ? Pas dangereuse, incongrue aux yeux d'Eudoxie. Amanda et elle ont tellement peiné pour la gagner, la nourriture, qu'elle ne pouvait être que bonne. Blaisine aussi a trimé à en crever, pourquoi aurait-elle transmis à son fils une idée aussi farfelue ? Et Armand, sans être goinfre, aime bien les petits plats. Elle renonce à comprendre.

Après la visite de Maurice, Eudoxie aperçoit Lucien encore moins qu'avant. Le dimanche, s'il n'est pas dans sa cabane ni dans les bois, il se terre dans sa chambre et fait marcher la radio, très fort. Une radio anglaise, précise Armand en haussant les épaules, par périodes Lucien ne veut entendre que cette langue, enfin ce charabia, il l'a apprise tout seul, avec des bouquins.

Trois mois plus tard arrive une brève carte postale, de Saigon : Maurice ne reviendra pas en France avant quatre ans. Eudoxie se sent vague, ramollie. Ce n'est pas son genre. La ménopause ? Un enfant parti au loin, l'autre quasi invisible.

La faute première ce fut, l'année dernière, d'avoir goûté à ce dessert, ce fruit défendu. A présent, il me faut résister, j'ai promis à ma mère de ne plus toucher aux tartes de l'autre. De toute façon rien n'égalera jamais le gâteau marbré qu'elle confectionnait pour moi.

Si le moteur avait marché, nous serions partis ensemble, loin du père. Hors de lui nous aurions construit une maison, rien que pour nous deux.

A la radio anglaise je finirai bien par capter un message. Je ne sais pas faire parler les tables comme ma mère et mes tantes en avaient le pouvoir lorsqu'elles voulaient prendre des nouvelles de leur mère et de leurs grands-mères mais j'entends leurs voix dans cette langue venue d'ailleurs, elles ne m'ont pas abandonné.

Une voisine de la tante Firmine vient les prévenir : elle l'a trouvée par terre dans le poulailler, les poules autour, caquetantes. Le cœur a dû lâcher pendant qu'elle leur donnait du grain, le docteur estime que le décès remonte à plus de vingt-quatre heures.

Encore une qui part jeune, murmure Eudoxie. Avant la cinquantaine, comme Blaisine. Eudoxie en a les jambes coupées, elle se laisse tomber sur une chaise, sent se prolonger en elle un effondrement intérieur. Elle essaie de réagir, après tout qu'est-ce qu'elle en a à faire de cette lignée, ce n'est pas sa famille, ni même celle d'Armand ! Lequel ne semble guère atteint, d'ailleurs. Elle, si. L'impression d'une coupure. Elle perd une amie. Elle perd aussi celle qui la reliait à Blaisine et à l'histoire antérieure de Lucien, elle en est toute désemparée. Et puis de ce côté-là, pourquoi toujours l'échec, la maladie ou le suicide ?

Armand règle calmement l'organisation des obsèques. Lucien ne semble pas particulièrement affecté. Désigné par le testament comme le seul héritier, il s'occupe avec une diligence qui surprend son entourage des démarches chez le notaire. Il ouvre un compte en banque et reste muet sur ce qu'il touche. Armand prétend augmenter la somme que son fils lui donne chaque mois, Lucien rechigne et coupe la poire en deux. Pour un fou, ou prétendu tel, il a les pieds sur terre, remarque Eudoxie. D'où sa surprise de découvrir un matin, sur la table de la cuisine, une enveloppe dans laquelle Lucien a inséré deux billets pour *la Veuve joyeuse*, au Châtelet. Si folie il y a, elle n'est pas dépourvue d'humour. Eudoxie voudrait le remercier de vive voix, Armand l'en dissuade. Elle se contente de glisser une lettre courtoise sous la porte de son beau-fils, il a fait un geste tout de même. Un drôle de geste, les envoyer au théâtre après la mort de sa tante, veuve aimable sinon joyeuse. Eudoxie n'a jamais vu d'opérette, elle laisse les chatoiements de la musique et de la mise en scène refouler momentanément son chagrin dans les coulisses.

Elle a le sentiment d'être la seule, dans cette maison, à porter le deuil de Firmine. Lucien ne dit mot sur ce qu'il compte faire du pavillon de sa tante. Ce serait l'opportunité d'avoir un chez-soi distinct mais Eudoxie se garde bien de le suggérer. Elle est sidérée le soir où Mlle Rentier, guindée dans sa dignité d'assistante sociale, débarque dans la cuisine, brandissant un papier et demandant ce que cela signifie. Armand continue à manger sa soupe, Eudoxie met ses lunettes pour lire à haute voix :

Mademoiselle,

Je serais heureux si vous acceptiez de devenir ma femme. Nous n'avons guère fait connaissance jusqu'à présent, ce serait l'occasion.

Je vous prie d'agréer, mademoiselle, mes sentiments très respectueux.

Lucien Bouvier.

Eudoxie pose ses lunettes :

— C'est écrit très poliment, il n'y a pas de quoi se scandaliser.

— Comment, un homme que j'ai dû croiser deux fois, qui me dit à peine bonjour ! Ma mère n'apprécie pas plus que moi ce genre de plaisanterie.

Le père pose sa cuiller, son fils a toujours été un peu singulier, il le sermonnera. Il faut l'excuser, la mort de sa tante l'a perturbé, elle lui rappelle celle de sa mère.

Eudoxie est toujours surprise lorsque Armand se révèle capable d'exprimer en public ce qu'il mijote en sourdine. Lui-même repenserait-il à Blaisine depuis que Firmine… ? Mlle Rentier remonte chez elle après avoir déchiré la lettre dont elle laisse les fragments sur la table.

Harponné dès son retour du travail, Lucien n'a aucune explication à fournir. Armand explose :

— Mais enfin, tu sais ce que ça veut dire, se marier ? La dépense, les frais du ménage, des enfants peut-être… Déjà qu'ici tu ne donnes pas grand-chose ! Et tu penses bien qu'une assistante sociale n'ira pas prendre un ouvrier.

Il ne répond pas, s'empare de son chat qu'il emmène dans sa chambre après l'avoir calé sur son épaule. Eudoxie s'attendrit : un gosse farouche et mélancolique serrant contre lui un animal en peluche, son seul recours contre la stupidité des grandes personnes. Deux jours plus tard, Eudoxie le croise dans le jardin, il sort de son appentis-atelier. Son air penaud l'émeut, elle s'enhardit à demander en forçant sa voix :

— Votre idée, si Mlle Rentier avait accepté, c'était d'aller habiter avec elle dans la maison de votre tante ?

Il la regarde, ahuri, elle suppose qu'il n'a pas entendu ou qu'il fait l'idiot pour n'avoir pas à répondre. Si pourtant, il se décide :

— Euh, non…

— Alors vous lui auriez proposé de venir ici, dans votre chambre du rez-de-chaussée ?

— Non, non…

Il esquisse une grimace indéfinissable, s'éloigne lentement. Leur première conversation, même s'il n'a parlé que par monosyllabes ! Il ne l'a pas fuie, l'a même regardée, elle en est vaguement chamboulée. Ainsi, il aura fallu trois ans et cette demande en mariage incongrue, tcl un jeu d'enfant dont le sens échappe aux adultes. Elle se retourne, il a déjà disparu, s'est-il à nouveau enfermé dans sa cabane ? Sans doute ne sait-il pas ce que veut dire faire alliance, se séparer, partir ailleurs – après tout elle-même a pris son temps avant de quitter sa mère… Que prétendait-il, opposer une femme apparemment sienne à la femme du père ? Tout en épluchant ses pommes de terre, Eudoxie repense à la promesse rédigée au dos de la recette du gâteau marbré : *Je n'aurai jamais d'autre femme que toi.* En visant trop haut, Lucien s'est arrangé pour la respecter. Eudoxie ne peut s'empêcher d'interroger Armand :

— Tu crois que Lucien a déjà connu une femme ?

— Il n'a jamais voulu connaître que sa mère.

Ce jardinier pudique a parfois de drôles de phrases. A présent, lui et Eudoxie ne font plus l'amour. L'âge ? L'habitude l'un de l'autre, la sécurité conférée par une tendresse silencieuse ? Cela est venu tout seul, sans en parler, comme son retour d'âge.

Deux mois plus tard Lucien s'achète une voiture de prix. La tante Firmine, suppose Eudoxie, avait dû mettre de côté davantage d'économies que sa modestie de manières et de toilette ne le laissait supposer. Sans doute Lucien estime-t-il qu'une Quinze Citroën est un argument éloquent car il réitère sa demande à Mlle Rentier. Le caractère cinglant et définitif du refus ne semble pas le troubler outre mesure, il consacre tous ses loisirs à son acquisition, lustrant longuement la carrosserie. Amusée par l'histoire, Mme Léone qui n'a jamais aimé Mlle Rentier – une pimbêche ! – baptise la voiture "la fiancée". L'appellation est adoptée par le voisinage, on attend avec impatience la première sortie.

"La fiancée" reste au secret. Lucien, qui a pourtant repris quelques leçons de code, passe ses dimanches à tripatouiller le moteur dans l'atelier transformé en garage. Armand affirme qu'il va le déglinguer complètement, la Quinze ne bougera pas de son repaire. Eudoxie aurait apprécié qu'il les emmène, aux beaux jours, faire un tour à Versailles ou à Marly-le-Roi qu'elle n'a jamais visités. Il ne faut pas y compter. Elle ose à peine rêver d'un voyage jusqu'à La Délivrande.

Je l'ai vérifié de partout ce moteur, il se tient même s'il n'est pas aussi beau que le mien. Maman était d'accord pour Mlle Rentier, elle savait bien que ce ne pouvait être une rivale, juste une façade. Mlle Rentier serait restée avec sa mère et moi avec la mienne. Le dimanche, on se serait promenés en voiture. J'aurais eu l'air d'avoir une femme, comme le père. Pour de rire. De toute façon l'autre, l'étrangère, elle ne montera jamais dans la Citroën.

Ce ne sera pas un voyage d'agrément. Eudoxie supplie Lucien de sortir la voiture de son garage-atelier.

— Vous avez entendu la radio ? Et le bruit des bombes sur l'usine Citroën et sur Villacoublay, vous n'êtes quand même pas sourd à ce point ?

Si. L'air hébété, et dans les yeux encore plus pâles ce frémissement hagard. Armand a renoncé à persuader son fils, il espère seulement pouvoir attraper à Versailles-Chantiers un train en direction de la Mayenne. Il achève de boucler deux ballots, Mme Léone les rejoint, elle part avec eux. Les dames Rentier ont décidé d'attendre les Allemands de pied ferme.

Eudoxie enfile sa paire de chaussures la plus solide, achetée il y a quinze jours. Par précaution elle glisse ses pantoufles dans l'un des ballots. Armand s'impatiente, il tient à prendre le train de 13 h 24 à Val-Fleury, en espérant que le trafic n'est pas déjà perturbé. Il n'a pas un regard pour son fils. Eudoxie insiste :

— Ecoutez Lucien, je ne vous demande plus rien pour la voiture, mais au moins venez avec nous, vous n'allez pas rester seul ici.

— Il a son chat et sa fiancée, rétorque Mme Léone. De toute façon, il n'en a jamais fait qu'à sa tête.

Une tête qui déraille, Eudoxie s'inquiète de ce mutisme absolu. Armand l'appelle, Mme Léone l'entraîne, ce départ de Meudon lui semble plus éprouvant que ne le fut celui de Levallois. A Versailles, un train pour Chartres, après on verra. L'attente dans la gare toute la nuit, Eudoxie sent ses pieds gonfler. Au petit matin passe un convoi en direction du Mans, il est pris d'assaut, tous trois parviennent à se hisser et restent bloqués dans le couloir. Plus loin, ils apprennent que ce train, détourné, se dirige à présent vers la Loire. Armand fulmine, les voilà qui s'éloignent de ce village du Ribay et de la ferme familiale de la Faburaye, seuls havres pour lui dans cette débâcle. Un arrêt en rase campagne, l'attente, l'angoisse, soudain une escadrille pique sur eux en mitraillant, des cris, de la fumée, déjà les avions ont disparu. On part à pied, décrète Armand, il se refuse à rester une minute de plus dans ce tortillard qui pourrait bien devenir un corbillard.

Eudoxie a remis avec peine les chaussures qu'elle avait ôtées. Ils marchent, vers le nord-ouest. Eudoxie la citadine respire l'odeur du foin encore humide, elle aimerait s'arrêter, s'enfoncer et s'endormir, oublier cette absurdité. Pas question. Résolu, Armand précède ses deux femmes.

A l'ombre de meules, visiblement abandonnées en cours d'édification, des vaches meuglent, mamelles gonflées. Armand ne peut le supporter, il s'arrête. Agenouillé, il trait, essaie de récupérer un peu de lait dans un gobelet. Mme Léone apprécie, Eudoxie recrache, écœurée. De tout ce gâchis. Armand continue à soulager les bêtes avec une opiniâtreté rageuse, quelle douceur pourtant dans ses mains qui semblent n'avoir pas oublié le rythme tendre et précis du mouvement depuis quarante ans. Une vache donne un coup de tête amical en direction d'Armand, il s'interrompt, à quoi bon, demain ces malheureuses bêtes seront à nouveau engorgées, où va-t-on si les fermiers abandonnent troupeaux et récoltes ? Eudoxie se tait, et Lucien que va-t-il manger, à la maison il ne restait que du riz et des pommes de terre, et si les Allemands allaient bombarder Meudon à cause de l'Observatoire…

Ils repartent. Dépassent La Flèche. Rejoignent une colonne de réfugiés. Mme Léone estime cette foule aussi dangereuse que le train, elle risque d'attirer les avions. Armand continue, obstiné, si seulement il avait sa charrette et ses chevaux, si seulement on avait "la fiancée", rumine Eudoxie, par de petites routes on aurait pu échapper à cette cohue. Le cuir trop raide la blesse au talon, elle s'assoit dans le fossé pour enfiler ses pantoufles, Armand bougonne, ce n'est pas le moment de traîner.

Un peu plus loin ils s'arrêtent au bord d'une rivière, à l'ombre d'un pont, et dévorent leurs dernières provisions, pain et fromage. Eudoxie s'aperçoit que, pressée par Armand, elle a oublié ses chaussures sur le bas-côté de la route. Armand râle – une paire toute neuve ! –, de plus en plus hargneux, il exige qu'elle retourne les chercher, on ne sait pas de quoi demain sera fait.

Elle résiste, ses ampoules la font trop souffrir et d'ailleurs quelqu'un les a certainement ramassées. Mme Léone perçoit la fureur grandissante chez Armand, elle propose à Eudoxie de l'accompagner. Toutes deux remontent la colonne hétéroclite, miracle, les chaussures sont toujours dans le fossé au creux duquel elles n'ont que le temps de s'aplatir : des avions, puissants, menaçants, à nouveau les déflagrations puis les hurlements. La rafale d'horreur passée, elles se relèvent, rassemblent leurs forces pour se précipiter vers le pont. Il a disparu, Armand également. Au bout d'une heure de recherches, elles retrouvent le corps en aval, coincé contre la berge. Elles l'extirpent à grand-peine.

L'exode a pris fin. Eudoxie et Mme Léone viennent de rentrer à Meudon. Personne au rez-de-chaussée. Mlle Rentier les informe : Lucien est à la Salpêtrière, il a fui la maison aussitôt après leur départ, elle a cru faire son devoir en nourrissant le chat et en signalant aux gendarmes la disparition de son maître. Ils l'ont retrouvé trois jours plus tard, près de l'étang de Trivaux, hirsute, famélique, il dormait au bord de l'eau, lui si fragile des bronches, heureusement que ce mois de juin est chaud. Pas rancunière, Mlle Rentier a été le voir au poste, il ne l'a pas reconnue, il marmonnait par à-coups des trucs bizarres, et tout maigre lui qui n'avait déjà guère de réserves. Elle s'est occupée de le faire hospitaliser à Versailles – ce ne fut pas facile, les trois quarts du personnel soignant étaient partis, une honte ! –, là ils l'ont requinqué puis, le délire persistant, l'ont dirigé sur la Salpêtrière.

— Le délire ?

— Ben oui, il appelait sans cesse des femmes, même que les gendarmes étaient plutôt goguenards lorsqu'ils l'ont ramené.

— Des femmes, lui ? s'étonne Mme Léone.

— Oui, des prénoms féminins. Pas le mien, rassurez-vous ! Des prénoms finissant par *ine*, je les ai entendus lorsque je suis allée lui porter des fruits à Versailles. Je me demande bien où il est allé les chercher.

Là-bas du côté du Béarn, là où règnent les femmes sombres au regard châtaigne dont parlaient Armand et la tante Firmine. Eudoxie n'aurait pas dû le laisser seul avec elles. Dans sa folie Lucien avait raison, il ne fallait pas partir, Armand serait vivant. Le chat Nonotte vient se frotter contre sa jambe, elle se décide enfin à pleurer.

Mme Léone préfère rester auprès d'elle et se rassure lorsque Eudoxie se met à évoquer leur départ, quinze jours auparavant :

— Quand je pense que j'ai supplié Lucien de sortir sa voiture pour nous emmener ! Vous vous souvenez, je lui répétais : Mais enfin, vous entendez les bombes ? Vous n'êtes quand même pas sourd à ce point !

— Pour une fois, il n'avait pas tort de l'être.

Mme Léone s'active, une soupe rapide avec des légumes du jardin, du riz, retrouvé au fond d'un placard. Elle force Eudoxie à avaler quelques cuillerées. Cette dernière ne peut s'empêcher de ressasser. Curieusement, constate Mme Léone, davantage autour de Lucien que d'Armand. Bon, celui-ci surgira sans doute plus tard, l'essentiel pour le moment c'est que Mme Bouvier – Mme veuve Bouvier à présent – ne s'installe pas dans le mutisme ou les larmes. Eudoxie revient encore sur Lucien :

— Il s'était enfermé à double tour dans sa cabane. J'ai tambouriné sur la porte, j'insistais pour qu'il vienne prendre le train avec nous. Il a bien fait de ne pas m'ouvrir !

— Ben oui. On s'est tous affolés bêtement.

Un silence. Eudoxie reprend, sa voix a légèrement changé :

— Vous vous rappelez lorsqu'il s'est occupé de ce petit troupeau ?

Cette fois elle évoque le disparu, Mme Léone en est soulagée. Elle-même repense plutôt au corps calé contre une souche et à l'hébétude de Mme Bouvier qui répétait : Au moins, la dernière bouchée d'Armand fut du camembert, son fromage préféré. Mme Léone avait bien été obligée de prendre la situation en main. Elle avait téléphoné à la mairie du Ribay, plus très éloigné, et demandé que l'on prévienne les Bouvier. Le frère aîné d'Armand avait réussi à se faire prêter une camionnette grâce à laquelle ils avaient ramené Armand Bouvier à la ferme de la Faburaye. Dans la vaste pagaille du moment, personne ne se souciait de la circulation clandestine d'un cadavre. Un bel enterrement, une grande fête de famille. Accueillants, les Bouvier avaient nourri et réconforté cette veuve fraîchement émoulue qui venait de leur débarquer impromptu. Mme Léone appréciait fort les poulets et les œufs frais mais Eudoxie avait décidé de rentrer, elle s'inquiétait pour son beau-fils.

— Voulez-vous que pour cette nuit je vienne dormir dans la chambre de Lucien ?

— Non, non, il faut bien que je m'habitue à rester seule. Vous croyez qu'il est fou pour de bon ?

— Sans doute, puisqu'ils l'ont interné dans cet hôpital.

Mme Léone l'embrasse, monte se coucher. Eudoxie se décide à en faire autant. La revoilà dans le lit de Blaisine. Dans de beaux draps : Armand repose au Ribay, Lucien à la Salpêtrière. Plus d'autre compagnie que celle de Nonotte, il vient de sauter sur la couverture. Elle ne le chasse pas, bien qu'elle lui ait toujours interdit l'entrée de la chambre, le laisse se caler contre ses jambes.

Son corps absorbe les bruits familiers de la maison. Sa maison ? Elle n'en a pas d'autre. Elle s'étonne : aucun souvenir d'Armand lié à ce lieu ou au jardin ne refait surface pour le moment. Seule s'impose une image très récente : Armand, à genoux, en train de traire une vache aux mamelles distendues. Des gestes d'enfance, affleurant sur-le-champ. Ce mélange de tendresse et d'ardeur rageuse. Eudoxie avait eu un aperçu de cet Armand petit garçon qu'elle ignorait. Armand lui avait sauvé la vie, pour une paire de chaussures.

Dans son lit solitaire, Eudoxie continue à contempler cet homme inconnu, acharné à soulager des bêtes abandonnées. Elle revoit cette blancheur mousseuse répandue sur le pré. Une idée bizarre tout d'un coup : il aurait fallu récupérer ce lait, en apporter à Lucien, lui il en aurait bu. Le lait du père. Bon, c'est elle qui devient folle. Après tout, elle a quelque excuse d'être à ce point perturbée. Elle ferait mieux de dormir, le sommeil lui rendra peut-être un peu de bon sens. Et demain, elle changera les draps.

Le monde a explosé. Déflagrations en cascade. Elles se sont rapprochées. Le sol tremblait, la maison vacillait. Seuls les arbres savaient me protéger.

Du fond de l'eau, Marceline m'a appelé. Elle avait sa voix de jeune fille, sa voix d'avant le désastre. Longtemps j'ai attendu qu'elle sorte. Elle n'a pas osé.

Les couloirs du métro. Les rues désertes, blanches de chaleur, piquetées parfois d'uniformes vert-de-gris. Les couloirs de la Salpêtrière. Le bureau grisâtre du psychiatre. Eudoxie a du mal à se frayer un chemin dans ce monde étrange. Lucien ne l'est pas plus qu'avant, lui semble-t-il. Peau grise, murs et draps blancs, relents de souffrance et de transpiration. Elle pose sur le lit un morceau de cake. Lucien ne dit rien, ne la voit pas. Elle connaît.

— Non, je ne pense pas qu'il présente un danger. S'il se sent à l'abri dans la maison de sa mère, il est probable qu'il n'aura plus de crise grave.

— Mais je ne suis pas sa mère.

— Il n'est pas exclu que vous puissiez le devenir, d'une certaine façon.

Un peu bizarre ce psychiatre, mais gentiment bedonnant, attentif. De temps à autre Mlle Rentier accompagne Eudoxie – c'est rare, reconnaît-elle, un spécialiste des maladies mentales qui prenne le temps de causer avec la famille. Il écoute, l'air ailleurs, laisse venir une petite phrase qui déconcerte Eudoxie :

— Vous me semblez détenir assez de bon sens pour tolérer chez l'autre sa part de folie.

Mme Léone et Mlle Rentier ne sont pas chaudes pour que Lucien, même soi-disant rétabli, revienne à Meudon : la veuve d'Armand Bouvier a bien droit à un peu de tranquillité après les épreuves qu'elle vient de traverser, elle n'a aucun devoir envers un garçon qui l'a toujours boudée et puisqu'il n'a ni ascendant ni descendant l'Etat le prendra en charge, les hospices, qu'elles sachent, sont faits pour des cas comme le sien.

— Il est vraiment fou ?

Le psychiatre essuie ses lunettes embuées de sueur, hésite. Oui, son beau-fils a longuement déliré : il invoquait des femmes, toujours les mêmes prénoms effectivement, telle une litanie, il avait un message à leur transmettre, sa mission était de les sauver de la catastrophe qui venait de s'abattre sur le monde. Les quelques informations détenues par Mme Bouvier sur ces femmes antérieures lui semblent éclairantes. L'histoire de l'invention, également. Lucien est fort intelligent, affirme-t-il, et c'est en même temps un enfant de deux ans. Un enfant, disait l'annonce, soucieuse de vérité.

Eudoxie fait part de sa perplexité : lorsqu'elle vient le voir, Lucien ne parle jamais de Marceline, de Firmine, ni de Blaisine.

— Peut-être avez-vous le pouvoir de les faire fuir.

Décidément, il doit être un peu dingue, lui aussi. A force de vivre là-dedans... Elle l'aime bien, partage entre lui et Lucien un petit panier de framboises du jardin. Avec cette canicule, en dépit des feuilles dont elle les a recouvertes, elles sont flétries et violacées avant même leur arrivée à l'hôpital. Le psychiatre les dévore goulûment. C'est lui le gosse, estime-t-elle. Plus maigre que jamais, Lucien n'y touche pas.

De retour à Meudon, après une soupe avalée sans appétit, elle fait un tour dans le jardin et savoure une bolée de fraîcheur, vivifiante après la chaleur et l'angoisse qui pèsent et poissent à la Salpêtrière. Dans l'ombre, la légèreté des framboisiers. Leur parfum. Eudoxie cueille deux ou trois fruits – elle aime sentir entre ses doigts ce grenu charnu, doucement velu –, repense à ce terme qui lui avait paru curieux, l'usufruit. Armand, en 1938, juste après Munich, l'avait traînée chez le notaire, en dépit de ses réticences. Ces bruits de bottes, même étouffés, inquiétaient Armand, on ne savait ce qui risquait d'arriver, il valait mieux qu'Eudoxie détienne l'usufruit de la maison. Ce soir, il lui semble bizarre de penser davantage à Lucien, mort vivant entre les murs de cet hôpital, qu'à Armand enterré dans son village natal après lui avoir offert la possibilité de demeurer ici et d'en profiter. La jouissance des fruits... Pourquoi Lucien n'y aurait-il plus droit ? Elle mâchonne quelques framboises, sans plaisir, avant de rentrer se coucher.

— Je peux fort bien le faire interner dans un asile.

Le psychiatre tripote son crayon, Eudoxie la poignée de son sac.

— Mais il sera malheureux ?

— Non, pas vraiment... Il sera plutôt telle une pomme qui sèche en se ratatinant.

— Bon, je le ramène.

Elle s'interrompt, ne sachant s'il convient de dire “chez lui”. Chez sa mère ? son père ? Elle a failli dire “chez nous”. Le psychiatre l'incite à revenir le voir en cas de problème mais il est confiant, les médicaments pourront être progressivement supprimés.

Lucien pénètre dans sa chambre, regarde le portrait de Marceline sans réagir, s'allonge tout habillé sur son lit et ferme les yeux, rigide.

Eudoxie ne parvient pas à s'endormir : habite-t-elle seule à présent avec un très jeune enfant ou avec un aliéné ? Vers onze heures, elle se lève, Lucien n'est plus dans sa chambre. Elle cherche dans le jardin, le trouve recroquevillé en fœtus sous la voûte feuillue de la tonnelle. Le chat s'est pelotonné contre son flanc. Eudoxie va chercher une couverture – cette fin d'août a beau être encore étouffante, il fera humide au petit matin – et l'étale sur ce qui lui semble soudain une nichée animale, abandonnée, réfugiée dans un cocon de sommeil. Une main dépasse légèrement, paume offerte. Eudoxie y dépose quelques framboises nocturnes, odorantes.

Mes femmes ont disparu. Le chat est revenu, il a survécu à la grande déflagration.

Les premières brumes de septembre incitent Nonotte à rentrer dormir à l'intérieur. Lucien le suit. Une sagesse animale régit sa folie. Douce et calme, reconnaît Eudoxie. Au fond, elle vit avec deux bêtes. Il suffit de respecter leurs rythmes, de satisfaire leurs besoins et d'admettre qu'ils aillent et viennent à leur guise. L'un et l'autre mangent ensemble, dans la chambre, ce qu'elle leur apporte et s'esquivent, silencieux, lorsqu'elle vient y faire le ménage. Le chat part inspecter son territoire de vergers et de potagers, Lucien le sien. Les bois de Meudon, suppose-t-elle. Mme Léone s'en inquiète, Eudoxie risque d'être tenue pour responsable de ses divagations.

— Vous le laissez sortir ? Et s'il ne revient pas, s'il recommence comme en juin ?

— Il reviendra.

— Vous croyez qu'il retrouvera un jour la parole ?

— Je n'en sais rien. Et puis on peut se comprendre sans parole.

Ce n'est cependant pas sa conception. Eudoxie a toujours été urbaine, devisant suivant ce qu'elle estimait être la juste mesure avec son entourage, sans verser dans les papotages de bonnes femmes et la propagation des rumeurs pratiqués par Mme Léone à la mercerie.

Elle qui n'a jamais vécu qu'en milieu citadin et dans l'échange avec ses semblables s'occupe à présent de deux animaux et d'un jardin – sa façon à elle d'être fidèle à Armand. Ou d'en faire le deuil. D'autant que les restrictions s'accentuent. Fort bienvenue cette surabondance de tomates, même si on aimerait les accompagner d'un peu de veau, déjà introuvable chez le boucher. Mme Léone prétend que dans l'arrière-boutique, au prix fort… Eudoxie écoute d'une oreille lointaine et propose à sa locataire de venir faire avec elle des conserves de légumes, qu'elles partageront bien sûr. Epluchages et stérilisations se rythment de menus bavardages. Eudoxie tient sa partie poliment, sans conviction. Elle repense au silence d'Armand. Si différent de celui de son fils. Dense, solide : Armand ne causait guère, mais il était là. Lorsque Lucien traverse la cuisine, elle a l'impression d'être frôlée par un fantôme de chat – il en a capté la souplesse fuyante – ou par une ombre revenante. C'est pourtant bien Armand qui a disparu, non son fils.

Et il va falloir le lui dire, au fils – s'est-il seulement aperçu de cette absence ? Eudoxie se tracasse : à quel moment, et dans quels termes ? Elle s'en veut de n'avoir pas posé la question au gentil bedonnant. Selon Mme Léone, elle a bien tort de se compliquer ainsi la vie, inutile de parler d'un mort à quelqu'un qui l'est déjà, à sa manière. Cette façon de tirer un trait ne convient pas à sa morale personnelle, qu'elle ne saurait expliciter mais qui lui tient à cœur. Qui lui permet de tenir. Elle n'a pas de passion particulière pour les chats, néanmoins elle nourrit et caresse Nonotte puisqu'il se trouve être là, dépendant d'elle. Pareil pour Lucien. Elle ne le caressera pas, mais il faudra bien qu'ils communiquent à nouveau, même s'ils ne l'ont fait que fort chichement autrefois. Aussi s'astreint-elle, lorsqu'elle le croise, à énoncer de brèves informations. J'ai ramassé les pommes tombées, je vais en faire une compote. A la poste j'ai croisé le directeur de l'école d'en face, il a pris un coup de vieux. Nonotte a déterré une taupe à côté de la tonnelle, je l'ai empêché de la manger. Souvent Eudoxie termine sa phrase alors que Lucien s'est déjà éclipsé. Peu importe, elle continuera, qu'il entende ou non, comprenne ou pas. Et lui annoncer tôt ou tard le décès de son père, ce sera le reconnaître comme toujours vivant, doué de raison et de parole. D'ailleurs il n'a pas coupé complètement avec le langage puisqu'elle l'entend mettre la radio, anglaise de préférence. Mme Léone proteste, il va leur faire avoir des ennuis. D'autant qu'elle soupçonne ces dames Rentier d'avoir des sympathies pour Vichy, elle n'ose dire pour les Boches. Eudoxie l'envoie promener, son beau-fils se branchera quand il voudra sur les ondes de son choix, comme auparavant. Mme Léone n'insiste pas, préférant encore à sa sécurité son coulis de tomates et ses bocaux de haricots verts.

Eudoxie s'efforce de tenir avec soin son carnet de comptes : rentrées des loyers et frais domestiques au jour le jour. Ce carnet fut l'un des rares sujets de dissension entre elle et Armand. Tatillon, il aurait voulu que tout y soit inscrit en détail, y compris les quelques centimes d'une demi-baguette. Elle n'y parvenait pas, oubliait toujours une bricole, recettes et dépenses s'équilibraient dans la réalité, jamais sur le papier. Armand grognait, elle s'énervait et laissait tomber. A présent il serait content, tout est noté. Plus tard, elle rendra compte à Lucien, qu'il le demande ou non.

Cet hommage quotidien au disparu l'amène à constater qu'elle ne peut s'en sortir financièrement. Trois bouches à nourrir, en incluant Nonotte. Avec les restrictions, les prix grimpent. Eudoxie décide de reprendre son métier de couturière. Mme Léone en parle à quelques clientes aisées de la mercerie. A l'approche des fêtes Eudoxie se réjouit, deux robes et un tailleur en commande.

Recouverte d'une housse, la machine était reléguée dans la chambre. Eudoxie la place dans la salle à manger, perpendiculaire à l'unique fenêtre, orientée au nord. Faiblarde, la lumière de décembre… Et sa vue a sérieusement baissé depuis l'époque de Levallois. Pas d'argent pour s'offrir des lunettes neuves, pas question de mettre l'électricité à longueur de journée. La première robe achevée, ses yeux ont gonflé, les maux de tête lancinent. Elle allume par intermittence, reprend ses calculs, le charbon a encore augmenté. L'hiver dernier, Armand montait les seaux de la cave. La seule pièce chauffée est cette salle à manger, par un poêle dodu. Le chat s'en rapproche de plus en plus, Lucien également, avec davantage de circonspection. La plupart du temps il ne s'assoit pas, elle le devine planté là, entre le Godin et la Singer. Il l'observe – la machine bien sûr, pas la couturière. On pourrait croire qu'il écoute une musique, tête légèrement inclinée.

Quelques jours plus tard, juste avant qu'Eudoxie ne se mette au travail, il arrive avec une burette d'huile, verse deux ou trois gouttes sur chaque poulie, fait jouer plusieurs fois la pédale à pied, vérifie le mécanisme en plusieurs points, resserre les vis et termine en essuyant l'excédent de gras, délicatement, avec un chiffon. Eudoxie lui trouve des gestes d'amoureux, bizarrement elle revoit Armand trayant sa vache. Elle s'installe : la pédale est nettement plus souple, l'ensemble glisse, chuinte et chante en douceur, elle fatiguera beaucoup moins. Elle s'interrompt, lui sourit :

— Merci. Vous êtes toujours un excellent bricoleur, à ce que je vois. Et quelle oreille…

Il recule, lui tourne le dos. Elle le croit déjà sorti de la pièce lorsqu'elle entend ses pas s'interrompre puis une voix éraillée – rouillée, pense-t-elle très vite, tel un vieil outil que l'on extirperait d'un recoin oublié –, une voix qui semble éprouver, vérifier avec anxiété, hésitation, sa propre existence. Audible cependant :

— Il est mort, n'est-ce pas ?

L'ont-elles tué ? Je les savais toutes-puissantes mais pas au point de déclencher ce fracas, ce cataclysme.

Cet homme, je ne l'aimais guère, il avait blessé Blaisine.

Mon père, je crois.

Un colis en provenance de la Mayenne ! Fort bienvenu, ils n'ont pas mangé de viande depuis une semaine. D'après la date d'expédition le paquet a mis presque le même laps de temps à leur parvenir, une chance il fait encore froid. Des rillettes, avachies mais consommables. Un poulet, il cocotte quelque peu, Eudoxie se dépêche de le placer dans la marmite du même nom puis se gourmande – a-t-on idée de laisser les mots déraper aussi bêtement ? –, se punit en épluchant quantité d'oignons qui la font pleurer, remontée du visage d'Armand à demi recouvert par l'eau de la rivière fatale. Oignons, échalotes et une abondance de poivre enroberont le poulet, la saveur masquera l'odeur.

Le chat tourne en spirale dans ses jambes tandis qu'elle fait revenir les morceaux. Lucien ne tarde pas à apparaître, narines en alerte. Depuis qu'elle lui a raconté la mort d'Armand, il n'a guère reparlé mais fuit moins sa compagnie. Il ramasse le carton d'emballage et avec un bon sourire lui montre l'étiquette :

M. et Mme Bouvier

Elle reste interdite. Si elle avait vérifié la date de départ, elle n'avait pas prêté attention au libellé. Eh bien oui, au 4, boulevard

Verd-de-Saint-Julien habitent ensemble un M. Bouvier et une Mme Bouvier, la sœur d'Armand n'a pas fait le détail. Lucien renifle le fumet de la cuisson avant d'aller jeter le carton à la poubelle, à côté du portail.

— Quel animal !

Elle flanque le chat dehors, il l'agace celui-là, toujours à lui coller dans les pattes lorsqu'elle est aux fourneaux, il aura ses os plus tard ! Quel animal, ne disant rien ou si peu, et cette façon bien à lui de remarquer des trucs et de vous les mettre sous le nez. Un signe que la dinguerie s'atténue ?

De temps à autre, Eudoxie trouve un seau à charbon rempli à côté du poêle. Lucien mange toujours dans sa chambre mais fait l'effort de rapporter la vaisselle sale dans l'évier. Il semble capable d'habiter à nouveau un temps domestique. Ces dames Rentier ont exprimé le désir de louer le petit pavillon, toujours inoccupé, de la tante Firmine. Mauvaise langue, Mme Léone a laissé entendre qu'elles ne voulaient plus rester dans une maison où l'on écoutait la BBC. Eudoxie a transmis par écrit la demande des deux locataires, Lucien a répondu par la même voie : *Faites à votre idée.* Lorsqu'elle lui a apporté le bail à signer, il l'a épluché de près avant d'apposer son paraphe. Eudoxie s'en amuse : à défaut d'un contrat de mariage, il aura tout de même traité officiellement avec Mlle Rentier.

L'appartement du second est maintenant occupé par M. Thomas, un ouvrier imprimeur dégoté par Mme Léone. Contre un loyer réduit de moitié, il est convenu qu'il fera le jardin et aura droit à un petit carré pour lui seul. Eudoxie subodore qu'il a droit également à une petite place dans le lit de Mme Léone. Voilà qui est fort bien, au 4, boulevard Verd-de-Saint-Julien il n'existe plus de femmes sans hommes.

Il était temps de retourner la terre et de semer. Glacial, ce printemps 1941, et la provision de charbon tire à sa fin. Eudoxie essaie de moins charger le poêle, les mimiques de Lucien lui font comprendre qu'il a froid.

— Remuez-vous un peu, ou prenez Nonotte contre vous, un chat ça tient chaud !

Il arbore son air ahuri et s'en tient à la seconde partie de l'injonction. Eudoxie actionne rageusement la pédale de la Singer. Ce grand dadais de presque quarante ans, collé au Godin tel un petit vieux et caressant béatement son chat, commence à l'agacer ! Tous deux somnolent tandis qu'elle s'échine. De plus en plus souvent Lucien apporte son poste dans la salle à manger. La soi-disant surdité étant toujours sa coquetterie, il monte le son, Mme Léone doit en profiter lorsqu'elle rentre de la mercerie. Entendre de l'anglais ne dérange pas Eudoxie, une musique comme une autre. Elle est plus préoccupée par la fonte de l'argent et des pratiques : les clientes pressenties par Mme Léone préfèrent mettre leurs économies dans du beurre au marché noir plutôt que dans un chemisier neuf et des tickets sont à présent exigés pour les textiles qui se raréfient, comme le reste.

Un matin d'avril Mme Léone débarque, affolée, elle vient de ramasser dans la boîte aux lettres des tracts émanant du Parti populaire français : des menaces contre ceux qui écoutent Radio-Londres ! Eudoxie hausse les épaules, elle ne se sent pas spécialement visée – ces torchons ont sans doute été distribués dans tout Meudon –, il ne faut surtout pas céder aux manœuvres d'intimidation. De surcroît elle déteste cette grande gueule de Doriot, les communistes elle n'a jamais été pour mais un communiste devenu fasciste... Une nouvelle fois Mme Léone bat en retraite, laissant les tracts sur l'étagère du corridor.

Retournant dans la salle à manger, Eudoxie trouve Lucien en train de bricoler un éclairage pour la machine à coudre : une petite lampe raccordée bizarrement mais ingénieusement à l'unique prise de la pièce, située à l'opposé. Eudoxie n'est pas certaine que cette installation soit conforme, peu importe, elle s'avère efficace. Elle le remercie et s'émeut d'entendre la voix encore à demi rouillée, mieux articulée pourtant :

— J'ai bien vu que vous n'y voyiez pas. Pourquoi n'allumez-vous pas davantage ? Vous allez vous abîmer les yeux.

Trois phrases ! Qui se tiennent et laissent supposer que le petit vieux dodelinant observait la couturière et non pas seulement la machine. Elle lui explique la nécessité de faire des économies sur tout, le gaz, l'électricité, le charbon. Sur la nourriture également, qui se fait rare et de plus en plus chère. Lucien semble stupéfait, à la BBC on ne doit guère évoquer les restrictions en France. Il part dans sa chambre, revient avec une liasse de billets, les lui tend. A son tour d'être ahurie :

— Vous en avez beaucoup comme ça ?

Geste évasif. Il a dû se constituer une réserve depuis avant la guerre, sans doute le reliquat de son héritage ? Avec cette somme elle pourra tenir jusqu'au prochain terme. Elle veut lui signer un reçu, il refuse.

Des œufs viennent d'arriver de la Mayenne. Il reste un peu de farine, Eudoxie dégote au prix fort une plaque de chocolat. Tant bien que mal – de la margarine à défaut de beurre –, elle confectionne un gâteau marbré en suivant scrupuleusement la recette, relisant au passage le *Je n'aurai jamais d'autre femme que toi.* Le gâteau est bien doré, moelleux à l'intérieur. Lucien le dévore, heureux semble-t-il.

Dans la nuit, Eudoxie se relève pour se précipiter aux toilettes : les œufs avaient dû voyager beaucoup trop longuement, pourvu que Lucien ne soit pas comme elle pris de coliques ! Un peu vaseuse, cherchant machinalement les morceaux de journaux découpés qui leur servent de papier hygiénique, elle s'aperçoit que Lucien a mis à la place les tracts de Doriot. Fou peut-être, son beau-fils, mais ses formes de résistance, si discrètes soient-elles, ne manquent pas d'humour.

La femme à la machine-qui-ronronne – grâce à moi – n'est pas aussi dangereuse que je le pensais. Sa nourriture ne me détruit pas comme le faisait celle de l'immense labyrinthe aux couloirs blêmes. C'est elle qui m'en a sorti, je crois.

Mes femmes d'avant se sont diluées. J'essaie de capter leurs voix à la BBC. *Un jour ou l'autre elles s'adresseront à moi. Peut-être à travers une voix d'homme. En français ou en anglais, peu importe, maintenant je comprends fort bien cette langue.*

"Ouvrez l'œil et le bon." M'avertiraient-elles ? Depuis quatre ans, depuis le grand cataclysme, j'écarquille mes oreilles, je guette. Les ondes qui traversent la Manche sont porteuses de messages énigmatiques. Ces derniers jours ils se sont multipliés, quelque chose se prépare. Radio-Londres les dénomme messages personnels : les Français parlent aux Français, qu'ils disent. Si l'on veut. Mes femmes parlent à leur fils élu.

Qu'est-ce que Blaisine a voulu me signifier avant-hier par ce "Elle se hâte avec lenteur" ? Sibyllin. Par contre "le scolopendre est un mammifère" ne saurait provenir d'elle : Blaisine détestait les bêtes de l'ombre, tout ce qui rampe et grouille à ras du sol. Une autre phrase me rend perplexe, celle glissée subrepticement dans l'émission d'hier soir, à 21 h 30 : "Elle fait de l'œil avec le pied." La phrase m'a poursuivi jusqu'à se nicher dans un rêve : Blaisine me faisait de l'œil, j'en étais heureux et mal à l'aise, mais je ne pouvais voir ses pieds, dissimulés par ces longues jupes qu'elle portait lorsque j'étais tout petit.

"Croissez roseaux, bruissez feuillages." Ce ne peut être que Marceline, elle aimait tellement les mouvances de l'eau et des arbres. Parfois j'imagine qu'elle est descendue dans ce lac, ses poches lestées de cailloux, afin de fusionner avec les reflets des feuilles, loin des humains.

Il y a quatre ans – c'était au tout début juin comme en ce moment, je m'en souviens très bien –, je suis parti à sa recherche dans les bois, je l'ai attendue au bord de l'étang. Pour me punir, l'on m'a enfermé dans ce lieu où rien ne poussait. Sinon des mains griffant les murs et des regards traquant les cafards et les scolopendres, précisément, jusque dans les yeux des autres.

"Le premier accroc coûte deux cents francs."

"Les tomates doivent être cueillies."

Ces messages personnels, comme ils disent, ne s'adressent à personne, effectivement. Des leurres, rien d'autre qu'un camouflage verbal destiné à dissimuler l'essentiel, qui m'est destiné. Les accrocs et les légumes, la couture et le jardin sont du ressort de la femme à la machine-qui-ronronne. Je vais la prévenir pour les tomates, je verrai bien si elle marche ou pas.

Eudoxie sourit du billet doux posé sur la table de la cuisine. Le mot de passe a été répété ce matin sur Radio-Londres. Selon M. Thomas, ce sont des messages codés destinés à des réseaux de la Résistance, le débarquement allié est imminent, lui a-t-il affirmé hier. Pour les tomates elle décide de répondre par écrit, comme si de rien n'était : *Merci, mais elles ne seront mûres que fin juillet ou début août.* Il convient de ramener Lucien à la réalité en lui rappelant quelques évidences simples. Depuis quatre ans elle a adopté cette tactique afin de faire face aux alternances de mutisme et de frileuses ouvertures, aussi imprévisibles que les variations du temps. Les unes comme les autres exigent que l'on s'y plie, sans pour autant baisser les bras.

Elle a appris à apprécier M. Thomas bien qu'elle ait fait la grimace lorsque, à l'automne 1941, il lui a demandé l'autorisation d'entreposer des tracts dans la chambre de Lucien : personne n'aurait l'idée d'aller opérer une fouille chez un homme étiqueté par les gendarmes comme un aimable hurluberlu depuis sa fugue de juin 1940. Le libellé – *Travail : introuvable. Famille : dispersée. Patrie : humiliée* – a semblé réjouir Lucien, il a donné son accord. Bien sûr, le travail et la famille sont le dernier de ses soucis, quant à la patrie… Communiste probablement, M. Thomas, ou apparenté, la plupart des ouvriers typographes le sont. Et dans la tête d'Eudoxie s'est souvent opéré un glissement de communard à communiste. Encore vivace, sa haine de petite fille à l'égard de Louise Michel, la laide, avec laquelle son père trompait Amanda, la belle, la douce. Mais son exécration de Vichy et des collabos l'a emporté : le ton de leurs discours puait tellement la curaille, qu'elle a toujours détestée, sur ce point du moins elle est restée l'héritière du père. Les tracts ont été rangés sous le matelas de Lucien.

Par la suite, Eudoxie s'est rendu compte que des hommes inconnus se réunissaient certains soirs chez M. Thomas, parfois même y dormaient : elle en a aperçu un qui s'en allait d'un pas rapide, casquette enfoncée, un matin où elle sortait la poubelle de très bonne heure. Gentiment goguenarde, elle a supposé que M. Thomas devait avoir avancé des arguments détenant une vigueur charnelle suffisante pour sinon rallier à sa cause Mme Léone, toujours timorée, du moins être assuré de son silence. Par contre, le jour de 1943 où il a prétendu réquisitionner “la fiancée” et son conducteur pour un transport urgent, elle s'est interposée : pas question d'exploiter l'innocence de son beau-fils et de lui faire courir des risques ! D'ailleurs cette Quinze Citroën renâclerait certainement à se mettre en route. M. Thomas s'est incliné.

Grâce à lui, elle s'est remise à lire. Du vivant d'Armand elle n'osait guère, sentant trop qu'il considérait la lecture comme un truc de bonnes femmes oisives, un luxe suspect pour petites-bourgeoises. Dès son arrivée dans la maison,

M. Thomas lui a prêté des livres à lui ou est allé en chercher à la bibliothèque : le prix des livres neufs, lui a-t-il expliqué, était en train de grimper aussi vite que celui du litre d'huile, un véritable marché noir. Pourtant, en 1942, il lui a offert un bouquin qui venait juste d'être publié. Eudoxie en a aimé le titre, *le Pain des rêves*, et davantage encore le contenu, au point de laisser passer l'heure de la soupe. Emerveillée, elle découvrait qu'un livre peut à la fois évoquer l'obsession du pain, au jour le jour, et l'envolée dans les rêves. Faire oublier le quotidien tout en le racontant, elle n'imaginait pas que ce fût possible. Ce Louis Guilloux, il la connaissait bien la pauvreté grise, celle de sa propre enfance à Levallois. Et comme elle a ri de la cousine Zabelle, cette fantaisiste qui s'achète une machine à coudre et la laisse tomber aussitôt pour faire du théâtre ! Il faut être un peu dingue, elle, elle ne se l'est jamais accordé – pas le temps pas le droit –, tant mieux si dans les romans certains se le permettent. Dans la vie c'est différent, exemple Lucien, pas toujours drôle à supporter. Et justement, inquiet de ne pas voir son dîner arriver, il était venu aux nouvelles, avait examiné le titre. Reparti dans sa chambre, il en avait rapporté un bouquin de ce même Guilloux, *le Sang noir*. Celui-là avait paru un peu difficile à Eudoxie, n'empêche elle s'était accrochée, elle voulait comprendre. Ce Cripure, qu'est-ce qu'il était compliqué ! Mais après tout, un homme très intelligent dont on ne sait trop s'il est fou ou non, elle avait l'impression de connaître un peu.

Par la suite, Lucien et M. Thomas ont rivalisé à celui qui lui ferait découvrir et apprécier telle ou telle œuvre – rétrospectivement elle a taxé de romans à l'eau de rose ceux que lui passaient les clientes de Levallois – et pour la première fois elle a eu le sentiment, dérivant dans la lecture, de tromper Armand. Avec deux hommes, qui pis est. Le remords affleurait, vite elle s'attelait à sa machine, tournant le dos au théâtre des rêves. Ou partait désherber au jardin. De toute façon, l'obligation de se débrouiller pour s'alimenter ne lui permettait guère de s'échapper longuement. Les queues pour obtenir les tickets, les queues encore plus interminables pour échanger ces tickets contre une nourriture aléatoire lui dévoraient l'essentiel de son temps et de son énergie. Lucien mangeait, et semblait ignorer l'exploit que représentait chaque repas. Mais ces deux-là lui ont redonné le plaisir des mots – les mots, elle a toujours bien aimé jouer avec, sans savoir d'où lui venait ce goût –, un plaisir assez vif pour compenser de temps à autre les contraintes répétitives du quotidien.

Les nuits de juin, et peut-être aussi le vieillissement, rendent son sommeil plus léger. Cette fois, un miaulement bizarre de Nonotte la réveille en sursaut. Lui aussi est vigilant, de quoi veut-il l'avertir ? Elle tend l'oreille – un rôdeur ? il ne faut pas compter sur Lucien pour les repérer et encore moins les éloigner –, se lève. Aux aguets dans la cuisine, elle perçoit à l'extérieur le frottement des espadrilles de Lucien, un glissement feutré qu'elle connaît bien. A présent il enjambe sa fenêtre, cliquetis de sa boucle de ceinture contre la balustrade, puis essaie de tirer en douceur ses volets sans pouvoir en empêcher le grincement. Quasi-silence. Brusquement un nouveau miaulement, différent, celui-là elle a appris également à le distinguer : il accompagne le bond léger du chat sur le lit de son maître pour passer la nuit avec lui. La nuit, du moins ce qui en reste… De retour dans sa chambre, Eudoxie jette un coup d'œil au réveil : 3 h 10. Etrange, depuis août 1940 jamais Lucien n'est rentré à des heures pareilles. D'où peut-il bien venir ? Un rendez-vous amoureux ? L'idée la fait éclater de rire, il y a si longtemps qu'elle n'a ri. Invraisemblable, bien sûr. Elle a décidé d'accepter ses divagations, elle ne le questionnera pas sur celle-ci. Un doute pourtant trottine à l'arrière-plan qu'elle ne parvient pas à formuler et qui l'empêche de se rendormir jusqu'à l'aube.

Le matin du 15 juin 1944, Lucien est en train de réparer son tire-gaz, un ingénieux tuyau métallique qui augmente la venue du gaz, de plus en plus faible ces derniers mois, lorsque retentissent des explosions. Il lâche tout et court s'enfermer dans sa chambre. Eudoxie lui parle à travers la porte, essayant en vain de le rassurer : oui, sans doute un bombardement mais assez éloigné, elle ne pense pas qu'ils soient en danger. Lucien ne ressort que le lendemain, affamé. Eudoxie reconnaît le visage hébété, muré, de leur départ pour l'exode :

— C'étaient des bombes sur la gare de Versailles-Chantiers.

— Ah, elles recommencent…

La formule lui paraît un peu bizarre, elle n'insiste pas. Lucien ne semble retrouver un état normal qu'au bout d'une semaine. Pour autant qu'on puisse employer ce terme en ce qui le concerne, concède-t-elle en en discutant avec Mme Léone. Plus rien n'arrive de la Mayenne, depuis le débarquement allié les transports sont désorganisés, un œuf coûte 40 francs, le beurre 700 francs le kilo, inabordables pour eux ! Heureusement, elle a encore en réserve quelques conserves de légumes datant de l'été dernier.

Un nouveau billet doux ce matin : *La Délivrande est délivrée.* Eudoxie se dépêche de mettre la radio : Caen – ce qu'il en reste du moins – a été libéré hier 9 juillet, dans la soirée, Lucien a dû attraper l'information durant la nuit à la BBC. Mais pourquoi la lui avoir ainsi libellée ? Bien sûr il n'est pas difficile de repérer sur une carte que La Délivrande est à une quinzaine de kilomètres de Caen. Reste la question : comment sait-il que ce village est important pour elle ? L'aurait-il écoutée lorsqu'il lui arrivait d'en parler avec Armand, si rarement, avant la guerre ? Elle en est touchée et en même temps troublée : elle le croyait absent, ailleurs, il épiait, percevait, enregistrait. Le sourd entendait, le dingue devinait. Et si la folie n'était qu'un masque, telle la surdité ? Tout de même, le brave bedonnant de la Salpêtrière n'aurait pu se tromper à ce point !

Fou, sans aucun doute, celui qui le matin du 14 Juillet lui propose de venir avec lui à la cérémonie rituelle au monument aux morts.

— Vous rêvez, il n'y en a plus depuis 1940 ! Les Boches les ont interdites.

— Pourtant des patriotes vont déposer des fleurs. Ils l'ont déjà fait le 14 juillet 1943, j'y étais.

Elle le suit jusqu'à la rue des Pierres, elle veut en avoir le cœur net. Une trentaine de personnes, arrivant par petits groupes discrets, se dispersant ensuite de même. Ni officiels ni discours bien sûr, mais une belle gerbe et même une *Marseillaise* reprise en sourdine. Dans un angle Eudoxie aperçoit M. Thomas entouré de quelques jeunes gens. C'est lui sans doute qui a mis Lucien au courant, dès l'année dernière.

Elle se sent quelque peu flouée. Attendrie cependant, Lucien a l'air tellement fier qu'elle l'ait accompagné. Quand même, dès 1943, il fallait être culotté ! Mme Léone, de toute évidence, n'a pas été initiée. Eudoxie n'est pas mécontente d'avoir été mise dans le secret, et se le garde. Néanmoins, elle se demande si M. Thomas n'aurait pas à l'occasion utilisé Lucien, en dépit des résistances qu'elle lui a opposées.

Nonotte est malade, poil rêche, haleine fétide, ne mangeant presque plus. Et comme il a également souffert des restrictions, il n'en reste pas lourd. Quel âge a-t-il donc ? Lorsqu'elle est arrivée ici, en 1935, Armand supposait que le chat avait dans les quatre ou cinq ans. Vieux à présent. Elle aussi. Cinquante-six ans. Son père est mort à cet âge-là, Gilbert Hennequin bien avant. Personne ne lui a souhaité son anniversaire durant ces années de guerre. Telles des années où elle se serait mise entre parenthèses, même si elle a dû se battre jour après jour pour survivre. Seul Lucien semble s'être installé dans un temps immobile. Une maigreur juvénile, pas déplaisante. Le privilège de la folie ?

Un soir d'août elle le voit arriver dans la cuisine, visage ruisselant, portant le cadavre léger du chat dans ses bras. Elle essuie les larmes, le mouche, lui propose d'aller enterrer le corps au fond du jardin. Il veut que ce soit sous la tonnelle. Eudoxie ne ressent rien – un animal n'est jamais qu'un animal et elle se serait bien passée d'avoir à le nourrir alors que les humains crevaient de faim – mais elle n'aime pas sentir chez Lucien cet effondrement dans la détresse. Ils creusent puis recouvrent ensemble la fosse.

La nuit tombe, Lucien reste planté là, figé. Va-t-il s'allonger sous les feuillages comme il le fit au retour de l'hôpital, il y a quatre ans ? Elle lui prend la main pour le ramener dans sa chambre, l'aide à s'allonger – il tremble doucement – et le borde. L'embrasser ? Elle n'ose pas. Avant d'aller se coucher elle met la radio, Paris est libéré. Tout émue, Eudoxie. Pour la première fois Lucien a accepté qu'elle le touche.

Plus rien. Auparavant, des messages me parvenaient par les ondes. Ou bien j'en avais à porter, de nuit. J'aimais ces marches silencieuses à travers bois. Bête nocturne, je suivais des traces connues de moi seul, je déjouais les pièges. Et pour rire, je m'amusais à passer par le carrefour du Carré-aux-Pièges…

Plus rien. Ni messages ni chat. Dans les derniers moments, Nonotte bavait. J'ai recueilli dans mes doigts son dernier vomi.

Le chat Nonotte débarque dans la cuisine, réclamant sa pitance. Une femelle en fait – une tigrée indolente qui a succédé à un gouttière mahousse, écrasé il y a deux ans par un camion –, mais Lucien dit toujours le chat Nonotte. Eudoxie a suggéré qu'il pourrait baptiser chaque nouvel adopté d'un nom différent, il a refusé avec indignation. Sans doute sa façon à lui d'annuler la mort ? Les félins passent, Lucien semble rajeunir.

Si les animaux domestiques se transmettent la pérennité du nom, le boulevard, lui, a été rebaptisé : il est devenu des Nations-Unies. Unies ? pas pour longtemps, a commenté Lucien. Eudoxie reste à la fois interloquée et amusée lorsqu'il sort ce genre de remarque, témoignant d'une sensibilité plus vigilante qu'elle ne le supposait à la marche cahotante de ce monde. Elle, elle tendrait plutôt à se demander qui était ce Verd de Saint-Julien à présent rayé de la carte et de la mémoire locales. Un aristocrate ? Un horticulteur ? Il est étrange de s'intéresser aux choses ou aux gens à partir du moment où ils ont été gommés. Avec la radio c'est pareil, elle se rend compte qu'elle écoutait sans écouter au moment où une émission ou une musique s'arrêtent. La musique, elle n'y connaît rien mais elle aime, le silence soudain lui fait découvrir qu'elle aurait pu mieux la déguster, trop tard. Et si c'était elle qui se mettait maintenant à dérailler tandis que Lucien se greffe avec une sorte d'aisance ironique sur la réalité ? Sur certains de ses aspects du moins, car pour ce qui est de l'économie domestique… Verd de Saint-Julien ? Ce nom agreste qui l'a attirée il y a quinze ans vers un Armand Bouvier à la carrure terrienne. Bientôt effacé, lui aussi ?

Depuis la fin de la guerre, la sœur d'Armand presse Eudoxie de venir séjourner au Ribay. Chaque année toutes deux ont correspondu, une fois pour le Jour de l'an, l'autre pour l'anniversaire de la mort d'Armand. Lucien est également invité. La famille de la Mayenne, suppose Eudoxie, ignore la douce dinguerie de son rejeton parisien. Ils l'ont à peine connu : selon Armand, Blaisine détestait aller les voir. Des rustres, disait-elle. Les femmes venues du Béarn étaient-elles si raffinées ? Tout au moins avaient-elles voulu rejeter la bouse et la glaise. En avaient payé le prix. Armand s'était bâti un jardin pour survivre. Sa fierté, son ancrage, davantage encore que la maison.

Eudoxie transmet l'invitation à Lucien, qui refuse net. Elle s'y attendait, insiste néanmoins :

— Dix ans après le décès de votre père, vous pourriez quand même vous rendre une fois sur sa tombe.

— Les morts ne sont pas dans leurs tombes.

— Ah bon, où ça ?

Il esquisse un geste flou, désignant la cantonade. Puis, très vite :

— Vous allez me laisser tout seul ?

— Et vous, vous ne me laissez pas seule la plupart du temps ?

Interdit, Lucien. Elle aussi, d'ailleurs. La réplique s'est déclenchée sans qu'elle ait réfléchi. Il est vrai qu'elle n'est guère en forme ces derniers temps, ou s'impatiente pour des broutilles. L'âge ? La disparition récente de Maurice, en Indochine ? Non pas les armes à la main, bien sûr. D'une méchante dysenterie dans un hôpital militaire. Elle sait que des gens tels Maurice, ou elle, ou Armand, ne peuvent s'offrir que des vies et des morts obscures. N'empêche, quand ça arrive… Elle en a informé Lucien, lequel ne semblait même pas avoir gardé trace du passage de ce Maurice à Meudon, un dimanche de 1936. L'oubli le rend lisse. Elle, les rides se creusent, et personne pour s'en apercevoir.

Brusquement, elle s'inquiète : elle ne parvient plus à évoquer le visage et les gestes d'Armand. La photographie compassée sur la cheminée de la chambre et les quelques images tremblotant dans sa mémoire ne coïncident pas. Elle avance la date de son départ, rapetasse une ou deux vieilles robes et remplit un placard de riz, de nouilles et de conserves. Les carottes et les haricots abondent au jardin, Lucien se donnera-t-il seulement la peine de les ramasser ? Il est entendu que Mme Léone viendra chaque jour jeter un coup d'œil. Elle propose même de porter une assiettée de soupe le soir à Lucien, ou mieux encore qu'il monte donc la manger avec elle et M. Thomas ! Eudoxie sourit en dedans, pour la première fois sa locataire a laissé échapper une allusion officielle à une liaison vieille de plusieurs années, chacun ses pudeurs. L'une comme l'autre se doutent que Lucien ne franchira pas la frontière du premier étage. Et puis, après tout, il savait se faire un peu de cuisine avant l'arrivée de sa belle-mère dans cette maison, il peut bien se débrouiller à nouveau.

A la ferme de la Faburaye, Eudoxie participe avec plaisir à la moisson et engrange quelques histoires de famille, embrouillées mais nullement rustres : les bouseux de Blaisine savent doser paroles et silences subtils. Elle s'entend fort bien avec la sœur d'Armand – les mêmes yeux bleus que ceux de Lucien, il a tout de même pris quelque chose de ce côté-là. Tout en lui donnant un coup de main pour la vaisselle, Eudoxie la fait parler et se constitue un petit viatique d'anecdotes concernant Armand enfant ou jeune homme. Devant sa tombe elle plante deux géraniums, déjà elle se sent mieux. Elle revient justement d'une visite au cimetière lorsque arrive un télégramme signé de Mme Léone : *Lucien enfermé dans sa chambre. Ne mange plus.* Les Bouvier ne comprennent pas sa décision de rentrer aussitôt : Lucien approche de la cinquantaine, ce n'est tout de même pas un môme ! Elle n'ose leur répondre que si.

Une arrivée sinistre, tard le soir à la gare de Meudon Val-Fleury, personne pour l'attendre bien sûr, sa valise et ses soixante-deux ans pèsent lourd soudain, personne ne l'attend et pourtant elle rentre – seule avec ce faux enfant sur les bras, au moins à la ferme elle était entourée, dorlotée, de la crème dans son café tous les matins –, ça grimpe sec au départ de la gare, une bonne demi-heure pour atteindre le boulevard des Nations-Unies. Le portail fermé, aucune lumière et la chambre de Lucien vide. Sans hésiter Eudoxie se dirige vers la tonnelle. Lucien dort au-dessus du squelette léger – déjà en poussière ? – de Nonotte premier. Chacun sa tombe.

Le chèvrefeuille enroulé autour des arceaux sent fort bon, Lucien très mauvais. Cette odeur rance de clochard fait monter en elle une rage qui la surprend, elle le réveille d'un léger coup de pied aux fesses, le secoue – ah non, elle ne se laissera plus manipuler par ce sale gosse –, qu'il se lève, qu'il rentre à la maison et se lave, sinon elle repart immédiatement ! Il obtempère, penaud. Elle prend le temps d'ouvrir sa valise et de ranger ses vêtements dans sa propre chambre de façon à lui laisser la cuisine, seul endroit où l'on puisse faire sa toilette. Le visage imperturbable de la photographie sur la cheminée se refuse à absorber les parcelles encore vivantes de l'Armand qu'elle a cru glaner et reconstituer durant cette semaine au pays. Tiens, elle a pensé "au pays", comme ceux de la Faburaye, comme disait Armand, mais ce n'est pas son pays. Les traits figés résistent, elle renonce. Elle retourne dans la cuisine, son lieu, même si mitonner de petits plats n'a jamais été sa passion. Lucien est assis devant la table, triste et propre. Avec des œufs rapportés de la ferme, elle lui confectionne une omelette baveuse, généreuse. Trop fatiguée pour y goûter, elle se contente de le regarder dévorer.

Elle est rentrée. Le chat et la machine ronronnent.

Elle absente, les autres étaient revenues. Je les avais presque oubliées. Si bien qu'elles m'ont fait peur.

Blaisine revient. Bizarre, c'est pourtant bien en Mayenne et non dans le Béarn qu'Eudoxie a séjourné. Et de Blaisine, à la ferme, on ne causait jamais. Courtoisie, sans doute, à l'égard de la veuve d'Armand. Pas seulement : Eudoxie a fort bien entendu une petite phrase de la sœur d'Armand un matin où toutes deux épluchaient des pommes de terre, il en fallait des kilos et des kilos pour les grandes tablées de la moisson :

— Vous au moins, vous êtes une belle-sœur selon mon cœur.

Eudoxie n'a pas relevé, elle est allée laver ses pommes de terre et a détourné la conversation sur l'organisation du repas. A présent, dans cette cuisine de Meudon, elle repense à Blaisine qui n'avait pas su se faire adopter par sa belle-famille. Blaisine qui n'aimait ni la baise ni la bouse. Eudoxie se rappelle avoir laissé venir ce début de phrase, non sans remords, le soir de ses noces, pour autant qu'il soit décent de parler de noces lorsqu'il s'agit de vieux de quarante-sept et cinquante-six ans. Plus de vingt ans après, au retour du Ribay, la phrase resurgit et se parachève sans crier gare. Bouclée sur elle-même, comme un rêve : il débarque, tout à la fois on l'a produit et on ne l'a pas véritablement fabriqué. En tout cas, pas à la façon dont on confectionne un chemisier.

C'est étrange, mais il faut l'accepter. Les livres prêtés par M. Thomas l'ont aidée à se familiariser avec les zones d'ombre et les contradictions, chez elle et chez les autres. Ses propres rêves, les bizarreries de Lucien.

Justement, elle se permet même d'en rêver, de Blaisine. Celle-ci arrivait du jardin, sa taille avait doublé, elle arborait la guimpe tuyautée portée par la Marceline de la photographie. Avec le plus grand naturel elle traversait la porte-fenêtre et rapetissait de façon à déposer sur la table de la cuisine un bol de framboises fraîchement cueillies. Merci, répondait Eudoxie, mais elles ne seront mûres qu'à la fin juin ou au début juillet. Une fois réveillée, elle s'est souvenue d'avoir signifié à peu près la même chose à Lucien à propos de tomates. Curieux comme parfois le passé et le présent, le songe et la réalité se mélangent.

Peu de temps après, elle décide de réunir au même endroit les paquets de café et le moulin, c'est tout de même plus logique. Il lui aura fallu vingt et un ans pour se risquer à ce réaménagement, la voici majeure. D'autres suivent, par étapes prudentes. Elle s'empare du livre de recettes, toujours rangé dans le buffet Henri II – au passage, elle vérifie que la déclaration d'amour est bien à la même page –, et lui fait rejoindre le placard de la cuisine où elle a déjà regroupé quelques fiches transmises par Mme Léone. Ce faisant, elle se surprend à murmurer "ça va, comme ça ?" sans trop savoir si elle s'adresse à elle-même ou à l'ombre de Blaisine. A croire qu'elle devient gâteuse. A moins que la dinguerie de Lucien ne déteigne, peu à peu ? Elle transfère les serviettes de toilette de la commode à l'armoire, ses reins de bientôt soixante-dix ans souffraient d'avoir à se pencher pour tirer sur ce lourd tiroir du bas, et d'ailleurs Blaisine en vieillissant en aurait peut-être fait autant. A chaque menu changement, Eudoxie explicite le projet à son beau-fils. Il acquiesce, indifférent, et finit par lui déclarer qu'elle est ici la patronne. Le terme la fait sourire. Après tout, c'est ce qui avait été suggéré par Armand dès 1935. Armand s'est estompé. Blaisine aurait-elle resurgi, discrètement, comme pour accepter de laisser enfin la place ?

Puisqu'il l'appelle la patronne, elle est décidée à le secouer, le chantage de la grève de la faim lui est resté sur l'estomac. Elle attaque, avec fermeté : voilà quelque seize ans qu'il se tourne les pouces, il pourrait reprendre du travail, il n'est pas malade, qu'elle sache ! D'ailleurs, elle l'entend assez souvent bricoler dans son atelier, il n'est donc pas plus manchot qu'un autre. S'ensuit un exposé de la situation financière, livre de comptes à l'appui. Les loyers ? Ça ne va pas loin. Elle n'ose augmenter celui de Mme Léone, depuis le temps que celle-ci est dans la maison et rend service. M. Thomas ne verse qu'un demi-loyer puisqu'il fait le jardin auquel Lucien n'a jamais voulu se consacrer... La taxe foncière vient encore d'augmenter et il devient urgent de recourir à un couvreur pour réparer la toiture et les gouttières, M. Thomas se plaint d'infiltrations chez lui. Les quelques clientes que lui a dégotées Mme Léone sont d'un mince rapport. Elle n'entre pas dans le détail mais la mode, les tissus et les façons de travailler changent trop vite pour elle, seules lui resteront fidèles quelques femmes âgées, la baisse des revenus est prévisible.

Lucien écoute, en petit garçon sage et ahuri.

— Bon, si vous pensez que c'est nécessaire...

Mme Léone déclenche son réseau d'informateurs. Au Bas-Meudon un garage prendrait volontiers Lucien à l'essai. Le samedi suivant, il se laisse emmener par M. Thomas, chargé de le présenter et de se porter garant de ses capacités. Sur le pas de la porte, presque coupable, Eudoxie a regardé Lucien s'éloigner : un gosse partant pour la rentrée des classes, allait-il se retourner et lui adresser un signe de main, elle l'avait mis propre pour la circonstance, saurait-il faire face ?

Au bout d'un mois, alors que son patron se déclarait prêt à lui signer un contrat, Lucien annonce qu'il arrête.

— Qu'est-ce qui vous prend ?

— Les moteurs ne m'amusent plus.

— Parce que vous croyez que ma Singer m'amuse tous les jours ?

Eudoxie retrouve sa belle colère du retour de la Mayenne, elle lui flanquerait volontiers un autre coup de pied aux fesses, comment va-t-elle payer le couvreur maintenant qu'elle a fait établir un devis et réglé un premier acompte ? Lucien encaisse, tête basse, la relève, sourire triste :

— Et puis au garage, je m'ennuyais de vous.

La voilà désarmée. Elle se ressaisit, lui tourne le dos, et fourrage furieusement dans sa boîte à couture à la recherche du dé enfilé à son index.

— Je préférerais travailler avec vous.

— C'est ça, vous allez vous mettre aux plissés et aux boutonnières passepoilées !

— Je me suis renseigné, on pourrait envisager de la confection à domicile.

Ainsi il mijotait son affaire, après avoir repéré une annonce dans un journal local. Il s'agit d'aller chercher à Issy-les-Moulineaux des bleus de travail, prédécoupés, il s'en charge. Leur boulot commun consistera à assembler les morceaux, avec la machine ça ira vite, ensuite les finitions, pose des fermetures Eclair et des boucles pour les bretelles. Décontenancée, Eudoxie demande à réfléchir.

Sur son unique paye du garage, Lucien achète un réfrigérateur :

— Comme ça vous n'aurez plus à descendre chaque matin à la cave pour chercher le beurre.

— Et qu'est-ce qui vous empêchait d'y descendre, vous ?

Il s'interrompt dans son réglage de l'appareil, notice en main, une ombre étrange dans ses yeux délavés. Eudoxie se détourne, mal à l'aise. Oui elle l'agresse, en rage qu'il ait lâché une bonne place, espèce d'enfant gâté, sur ce point elle ne prendra pas la succession de Blaisine ! Mme Léone a souligné cent fois devant lui le danger que représente cet escalier de la cave, tarabiscoté, mal éclairé. Il ne s'est jamais proposé pour relayer Eudoxie dans ses expéditions biquotidiennes, ou plus, au garde-manger souterrain. Sans doute pour lui les solutions passent-elles par la technique : il lui apprend, patiemment, à apprivoiser le réfrigérateur, au début elle l'appelle la glacière et déclare que tout ça c'est pour faire marcher le commerce. A la longue, elle finit par admettre que des courses fréquentes chez le boucher ou la crémière lui sont ainsi épargnées. Lucien doit sentir qu'il a encore à se faire pardonner : il offre un beau moulin à café électrique, celui de Blaisine devenait fort coriace.

La confection à domicile est mise en route. Tôt le lundi matin, Lucien part chercher la matière première. Le samedi après-midi, son ballot sur l'épaule, il livre les bleus terminés. Eudoxie ne tarde pas à s'apercevoir qu'ils ne peuvent perdre une minute s'ils veulent gagner un minimum, ils sont payés aux pièces. La salle à manger est transformée en atelier, tissus étalés sur la table, parfois le chat Nonotte s'en attribue un ou le carde, Eudoxie le chasse, Lucien le console. La machine fonctionne sans arrêt – va-t-elle tenir le coup ? et elle ? –, plus de huit heures par jour, à treize ans elle en faisait davantage, c'était plus gai il est vrai, les filles chantaient ou racontaient des histoires lestes, la jeune Eudoxie tendait l'oreille, harponnait des bribes de vie, s'ingéniait à deviner le sens de certains mots. Parfois elle aimerait retrouver de vieux airs des années 1900, pas le loisir, elle et Lucien sont silencieux, acharnés, ils ont appris à alterner – tantôt elle, tantôt lui rivés à la Singer –, elle reconnaît que Lucien est habile, leur rendement augmente, elle va pouvoir verser un second acompte au couvreur. Ils ont appris aussi à communiquer par gestes et regards rapides, pas de temps mort dans les transmissions des fournitures ou les échanges de tâches, la chaîne tourne, bien huilée, Lucien sort sa burette dès que ça grince, la machine bourdonne, sa tête aussi parfois, il lui arrive d'avoir mal au dos, pas d'huile hélas pour les articulations douloureuses, Lucien le geignard ne se plaint pas, les voilà rodés, enchaînés l'un à l'autre.

Elle ne me quittera plus. Ce travail ne m'intéresse pas davantage que celui du garage mais nous sommes ensemble.

Toi le chat la chatte peu importe, tu me regardes, complice. Tu me trouves aussi malin que toi qui parviens toujours à obtenir d'elle un rogaton, même si elle râle.

Je ne déteste pas qu'elle râle après moi, ensuite je lui fais des cadeaux. Dont je profite.

Juillet 1958, enfin un mois de vacances après deux ans de bleus ininterrompus. Du bleu si on peut dire, plutôt la grisaille en continu. Eudoxie aurait pu partir quinze jours au Ribay – la ferme de la Faburaye lui est toujours ouverte –, elle a préféré rester ici, profiter tranquillement du jardin et s'offrir le plaisir d'un peu de cuisine, au rythme où ils ont travaillé ce furent plus souvent des conserves que des petits ragoûts. Sans compter deux ou trois commandes, robes et chemisiers, à honorer avant le 14 Juillet. Eudoxie a suivi les conseils de Mme Léone, surtout ne pas abandonner totalement sa pratique, les foucades de Lucien sont imprévisibles ! Pesantes ces heures supplémentaires des samedis et dimanches après une semaine chargée mais la situation financière est rétablie. Chaque fois qu'une cliente arrive pour un essayage, Lucien court se calfeutrer dans sa chambre et ne ressort, bougon, qu'une heure après le départ de l'intruse. Votre mari semble sauvage, remarque l'une d'elles qui n'a vu qu'une ombre refermer la porte.

Eudoxie épluche des haricots verts sous la tonnelle, Lucien prend un bain de soleil sur la pelouse voisine. Complètement nu. Elle a protesté, non pour elle-même, par rapport aux voisins et aux locataires.

— Si ça ne leur plaît pas, ils n'ont qu'à regarder ailleurs.

Tous les quarts d'heure, il va s'asperger au tuyau d'arrosage puis revient s'allonger, couleur de pain bis. A soixante-dix ans, Eudoxie peut regarder à loisir le sexe d'un homme – avec ses deux maris ce fut toujours d'une furtive discrétion. Elle ne se sent ni curieuse ni émue, simplement elle admire l'accord entre ce sexe et ce corps, l'un et l'autre longs et minces, délestés de toute pesanteur comme de toute sensualité. Ils vont bien ensemble, voilà. Lucien peut être beau, elle le découvre non sans plaisir. Lorsqu'il marche en tenue d'Adam, il danse calmement dans ses muscles avec une aisance liquide. Bizarre de penser liquide pour quelqu'un d'aussi sec, on lui voit les os. Comme si son squelette était fluide, ou végétal. Bon, suffit, il faut en finir avec ces idées absurdes comme avec ces haricots.

Depuis trois ou quatre mois, suite à de soi-disant maux d'estomac, Lucien a inauguré une période naturiste. Eau d'argile, grains de blé germé et carottes crues. De surcroît, dès les beaux jours, natation à l'étang de Trivaux, nudisme au soleil, gym et douches froides en abondance. Il est même allé emprunter des livres spécialisés sur le sujet à la bibliothèque municipale. Eudoxie l'a envoyé promener lorsqu'il a voulu imposer un régime compliqué, dissocié, a-t-il expliqué : pas de pommes de terre pour accompagner la viande, jamais de pain avec le fromage, les féculents uniquement avec des légumes verts.

— Vous m'embêtez, faites-la vous-même votre cuisine de cinglé !

Un remords, aussitôt, d'avoir laissé échapper ce terme. C'est bien la peine de s'être battue en silence pour amortir et colmater ce que les autres appelaient la folie de Lucien. Dont ils prenaient prétexte pour le rejeter. Il se fait cuire de grandes casseroles de riz, une épouvantable colle de pâte dans laquelle il triture comme dans du mortier pour se servir.

— Mettez donc un peu de beurre, ou du thym pour parfumer.

— Non, non, il ne faut surtout pas mélanger.

Elle sourit de ce principe, au fond là réside la morale de Lucien, ne pas se mélanger. Surtout pas avec une femme. A elle il n'est pas mêlé, mais agglutiné. A Levallois on disait être à la colle, c'était très fréquent dans cette banlieue rouge. Eh bien, à soixante-dix ans, la voici à la colle, c'est plutôt drôle, non merci elle ne goûtera pas de ce riz plâtreux.

Lucien rapporte d'autres livres de la bibliothèque, potasse son gros dictionnaire de médecine, s'invente diverses maladies, névralgie, dyspepsie, rhumatismes articulaires.

— Les vacances ne vous réussissent pas, il est temps de reprendre le boulot. Et arrêtez donc de vous faire griller en plein midi, c'est comme ça qu'on fabrique des cancers de la peau.

— Vous croyez ?

Il semble terrorisé, repart consulter ses bouquins, arrête effectivement les bains de soleil. Une semaine après il arrive au dîner l'air presque réjoui :

— J'ai trouvé ce que j'ai.

— Dites toujours.

— Je fais de l'hypocondrie.

— Et ça se loge où, ça ? Le foie, la rate, les tripes ?

— Là où ça peut.

— Alors ce ne doit pas être bien grave.

Elle en parle tout de même à Mme Léone et à M. Thomas. Ce dernier se renseigne auprès d'un psychiatre du Parti qui fréquente la même cellule que lui. A supposer que le "malade" ait fait sur lui-même un juste diagnostic, il vaut mieux ce symptôme-là que les phases délirantes, d'une certaine façon Lucien a sans doute fini par préférer l'hypocondrie aux divagations d'autrefois et ce, en partie, grâce à la patience et à la compréhension de sa belle-mère. Elle ne voit guère où est sa responsabilité dans l'affaire. Le psychiatre a ajouté qu'il faudrait consulter si Lucien devenait par trop mélancolique. Eudoxie hausse les épaules, moins on voit de médecins mieux on se porte. Un malade imaginaire ? Elle s'en arrangera, comme du reste.

Pour le dernier dimanche de juillet, elle propose d'inviter à déjeuner les deux locataires, on ne peut toujours vivre replié sur soi. Si le temps le permet, on s'installera sous la tonnelle, le chèvrefeuille embaume. Il fait beau, Lucien aide à transporter la table et se charge du vin, une grande première ! Un couple s'apprête à en recevoir un autre. Eudoxie sort le fameux service *Flora* après l'avoir essuyé avec soin, aucun commentaire de Lucien. Il a revêtu un vieux costume d'été, à nouveau elle est frappée par cette élégance étrange, tout à la fois Lucien fait oublier le démodé de son veston et s'en habille avec une désinvolture déliée, si bien qu'Eudoxie ne peut s'empêcher de penser à la peau d'abricot sec qui joue et glisse dessous. Voyant qu'il a fait des efforts de toilette, elle met un chemisier neuf, gris tourterelle, c'est bien rare qu'elle ait le temps de coudre pour elle, autant en profiter.

Mme Léone apporte le dessert, M. Thomas offre à Eudoxie le dernier roman d'Aragon, *la Semaine sainte* : un titre surprenant pour un auteur communiste, fait-elle remarquer en remerciant chaleureusement. Apéritif, euphorie, le poulet rôti est fameux, le vin et la conversation pétillent jusqu'au moment où ça se met à crépiter fâcheusement, c'est parti sur les événements d'Algérie. Eudoxie en convient, cette guerre va provoquer des morts bêtes et inutiles, telle celle de Maurice en Indochine, mais sur la question de la torture, elle se refuse à croire que des Français la pratiquent, notamment sur leurs compatriotes, tout ça c'est que de la propagande communiste.

— C'est bien arrivé pendant la dernière guerre.

— Ah, mais il y avait les Allemands, c'était pas pareil.

— C'est nous maintenant qui sommes les Allemands en Algérie.

— Je n'admettrai pas que l'on dise pareilles horreurs chez moi !

Lucien la regarde, narquois, intéressé. M. Thomas amorce le geste de se lever, Mme Léone le ramène sur sa chaise d'une pression ferme sur l'avant-bras et découpe la tarte aux fraises.

— Mme Bouvier n'a pas tort. Et toi tu nous fatigues avec ta politique ! Pour une fois qu'on s'offre un moment de détente et une compagnie agréable…

Lucien se dépêche d'aller chercher le café, qu'Eudoxie avait préparé à l'avance. Elle apprécie sa diplomatie efficace, M. Thomas déclare ce café délicieux et ramène prudemment la conversation sur les affaires municipales. L'après-midi s'écoule dans une torpeur aimable. M. Thomas sirote un calvados, l'odeur du chèvrefeuille et la chaleur se condensent, une brise légère se glisse par moments entre les arceaux de la tonnelle, ça fait du bien, soupire Mme Léone rougeaude et repue. Les locataires ne remontent chez eux que vers six heures, une façon de souligner qu'il n'y a pas de brouille. Lucien – une autre grande première – aide à débarrasser, puis à essuyer la vaisselle.

— Bravo la patronne, vous lui avez bien tenu tête au cégétiste ! Ça m'a fait plaisir, même si je ne suis pas de votre avis.

— Comment, pas de mon avis ? Parce que vous aussi, vous voilà communiste ? C'est un comble, vous qui ne partagez jamais rien, renfermé sur vous-même, personnel, égoïste…

La voix crisse dans les aigus. Lucien en lâche l'assiette qu'il astiquait et fuit vers sa chambre. Eudoxie ramasse les morceaux, les jette à la poubelle. A eux deux, ils ont réussi à briser un objet appartenant à Blaisine.

Elle m'a fait une scène.

Elle est belle lorsqu'elle est en colère. Ses yeux bleus, métalliques de fureur. Chaleureux en même temps. Elle ne supportait pas, je crois, que l'image de la France soit abîmée.

Quand même, me traiter d'égoïste aujourd'hui, moi qui ai fait tant d'efforts pour participer... Ah non, ça c'était trop injuste ! Alors que, souvent, elle a sa façon à elle de se tenir au plus près de la justesse et de la justice. Son prénom lui va bien, je trouve. Ce gris nacré aussi.

Bruit de casse au premier. La porte-fenêtre est grande ouverte – étouffante cette chaleur de la fin août –, il est difficile de ne pas entendre. Lucien et Eudoxie achèvent de souper, au-dessus d'eux la scène prend de l'ampleur. Mme Léone invective M. Thomas : sa politique bouffe tout, même le dimanche matin il la laisse tomber pour aller vendre son torchon de journal, question humanité pas le moindre égard pour elle, tout ce qu'il cherche ici c'est le lit et la table, qu'il aille les chercher ailleurs ! Nouveau fracas de verre brisé, Eudoxie va fermer la porte-fenêtre.

— De l'eau dans le gaz, diagnostique Lucien en bon technicien.

— Ça ne nous regarde pas.

— Voire…

Huit jours après, M. Thomas annonce qu'il s'en va. Si Mme Bouvier n'y voit pas d'inconvénient, il va essayer de trouver quelqu'un pour le remplacer dès le 15 septembre.

— Puisque vous êtes vraiment décidé… Mais je vais vous regretter. Vous savez, je vous appréciais, pas seulement pour les bouquins et le jardin, même si bon, pour l'Algérie…

Il balaie la question d'un geste courtois, lui aussi l'a appréciée, il était heureux de discuter des livres avec elle. Surtout qu'elle ne manque pas d'en emprunter à la bibliothèque municipale, ils sont très accueillants et sauront la conseiller. Elle n'osera pas, il insiste, il veut qu'elle y aille. Il s'apprête à faire ses adieux, hésite et, très vite :

— Je peux bien vous le dire, maintenant : pendant la guerre, il m'est arrivé d'avoir recours à Lucien pour mon réseau. Oh, rien de bien grave, juste établir une liaison avec un groupe de Clamart.

Elle sourit, amusée : la vérité aura mis seulement quinze ans avant d'affleurer.

— Vous savez, il était parfait : rapide, silencieux, discret. En plus, il connaissait le bois comme sa poche…

— Vous m'avez bien eue quand même, tous les deux !

En même temps, elle se rengorge en dedans, telle une mère à laquelle on adresserait un compliment inattendu sur les exploits de son enfant. Brusquement, pour la première et sans doute dernière fois, elle embrasse M. Thomas.

Pétulante, sa remplaçante, une secrétaire de l'imprimerie où il travaille. Un petit pruneau du Sud-Ouest, tout en rondeurs et suavités et gentillesses. Eudoxie, au début, est quelque peu étourdie par cette volubilité de gestes et de paroles, cette profusion de sourires et de boucles foisonnantes. Puis elle finit par accepter de se laisser envelopper d'attentions et de câlineries.

— Je n'ai pas eu de grand-mère, explique Pierrette Anglade. Vous vous rendez compte d'une chance, en trouver une dans ma propriétaire !

— Le véritable propriétaire, c'est mon beau-fils.

— Peu importe, je vois bien que c'est vous qui vous occupez de tout. Tenez, demain en rentrant, je vous fais les courses.

— Je me débrouille, vous savez…

— Bien sûr, mais avec ma deux-chevaux c'est si facile !

A présent, le dimanche, la nouvelle locataire vient prendre le café. Elle apporte quelques douceurs, des pralines, un gâteau du pâtissier – à votre âge vous y avez bien droit ! –, et raconte à l'occasion ses peines de cœur. Ombrageux, Lucien se retire, non sans avoir jeté un regard gourmand sur les friandises.

Pierrette Anglade questionne Eudoxie sur son enfance, mais oui ça l'intéresse de savoir comment on vivait à Levallois avant 1900, c'est tellement rare quelqu'un de plus de soixante-dix ans avec une aussi bonne mémoire ! Et voici Amanda et le 9, rue Vergniaud qui refont surface. Les odeurs de lessive et de soupe, les rumeurs de la cour intérieure, et Louise Michel, et les coups de gueule du père. La détresse d'Amanda lorsque Fanny, une petite sœur d'Eudoxie, est morte à quatre ans à l'hôpital de l'Enfant Jésus – maintenant on dit les Enfants malades. Remontent des histoires de voisines, et même de chats, alors qu'elle pensait qu'ils lui étaient indifférents. Quelqu'un vous fait parler, vous écoute et l'on se découvre des souvenirs que l'on ignorait. Elle qui n'a eu, si on peut dire, que des fils… euh non, des beaux-fils, rencontre en Pierrette une fille qui lui serait venue sur le tard.

Lucien boude, replié dans sa chambre et le quasi-mutisme. Il fait néanmoins remarquer que l'on ne voit plus guère Mme Léone venir cueillir son brin de persil pour caser son brin de conversation... Eudoxie ne commente pas. Au Jour de l'an, Pierrette Anglade rapporte de chez elle du confit et du foie gras. Lucien s'en rend malade – il avale tout, y compris la graisse de canard – et décrète ensuite une cure exclusive de riz complet durant un mois : la locataire l'a empoisonné avec ses cochonneries, il lui faut maintenant éliminer toutes ces toxines. Il maigrit, exhibe répétitivement des douleurs baladeuses, s'enlise après sa cure dans une prostration mélancolique. La production de bleus diminue fâcheusement. Un homme avachi, négligé, Eudoxie se bat pour l'obliger à se laver une fois par semaine et se demande comment l'été dernier elle a pu, bêtement, le trouver agréable à regarder.

Au mois de mars, Pierrette Anglade lui fait part de ses ennuis : les pneus de sa deux-chevaux, stationnée sur le boulevard, sont fréquemment crevés, le commissariat de la place s'avère impuissant contre cette bande de jeunes qui opèrent la nuit. Eudoxie demande à Lucien de bien vouloir sortir son antique Citroën – puisque "la fiancée" n'a jamais roulé, à quoi bon la maintenir dans l'atelier-garage ? –, Mlle Anglade pourrait y garer sa deux-chevaux. Lucien ronchonne, résiste, finit par obtempérer mais laisse ostensiblement la quinze-chevaux dans le jardin, non loin de la tonnelle. Eudoxie proteste :

— Ce n'est guère décoratif à côté des pivoines.

— Mais si, déclare Pierrette, elle est superbe cette voiture, quelle ligne racée !

Du coup, Lucien semble s'amadouer. La locataire entreprend une cour en règle à "la fiancée" : elle se fait expliquer les subtilités de la mécanique, aide même Lucien à lustrer la carrosserie. Au tour de ce dernier de faire sa cour : des pâtes de fruits, des roses – Eudoxie refoule une bouffée d'aigreur, dire que depuis bientôt un quart de siècle elle n'a jamais eu le moindre bouquet ! –, sans compter des efforts sensibles de toilette, le voici redevenu presque plaisant. C'est le printemps, ironise Mme Léone qui revient maintenant chercher son persil. Le jour où il offre une magnifique boîte de chocolats, Eudoxie se décide à le questionner :

— Vous allez nous refaire le même coup qu'avec Mlle Rentier ?

— Je fais ce que je veux.

— Mlle Anglade a vingt-six ans.

— Je sais, j'en ai largement le double, et alors ?

Pierrette Anglade est de plus en plus fascinée par la quinze-chevaux, quelle merveille à côté de sa quincaillerie tressautante en fer-blanc, elle aimerait tellement l'essayer... Lucien reprend une assurance, fait tourner le moteur après avoir opéré une révision de sa façon. Ça ronronne. Un saut au garage voisin pour regonfler les pneus, faire le plein et un dimanche matin Eudoxie les voit partir, Pierrette radieuse au volant, direction Versailles. Elle qui en a tant rêvé, d'une excursion au château ! Pas rancunière, Mme Léone lui propose de venir déjeuner avec elle, à la fortune du pot. Elle lui sert un porto, buvez donc, nous autres femmes abandonnées nous avons besoin de nous requinquer.

Le lendemain soir, Pierrette Anglade vient prévenir sa propriétaire de son départ à la fin du mois. Eudoxie ne comprend pas : elle croyait que Pierrette se plaisait ici, elle-même était heureuse de sa compagnie...

— Oui, mais M. Lucien, à la longue…

— Il vous importune ?

— C'est peut-être en partie ma faute, sans m'en rendre compte j'ai joué avec le feu. Vous comprenez, il a tellement l'air d'un vieux garçon rassis… Bon, hier en voiture, il a eu un geste déplacé, euh, vraiment très déplacé. Il est préférable que je m'en aille.

Elles s'embrassent. Le soir dans son lit, Eudoxie pleure en silence. Elle perd la fille qu'elle n'a pas eue et à laquelle elle pouvait transmettre son menu viatique de souvenirs maternels. Une nouvelle fois elle perd Fanny, qu'elle croyait avoir oubliée.

Ça m'a dégoûté d'aller fourrager sous sa jupe et de sentir la moiteur de sa culotte. Salope. En plus, même pas capable de se contrôler, elle a failli monter sur le trottoir en plein Viroflay et m'esquinter un garde-boue.

J'ai réussi à la faire déguerpir, Mme Léone va être contente.

Viens toi le chat, viens t'installer dans mon giron, je n'aime toucher que ton pelage. La vibration de ton ronronnement caresse mon sexe sans l'exciter.

La départementale s'incurve en lenteur avant de se couler entre deux rangées de peupliers. Un ciel moiré d'Ile-de-France, une lumière limpide à peine humide, Eudoxie goûte ces promenades tranquilles.

— Pour Montfort-l'Amaury, ce sera sur la gauche au prochain carrefour.

Elle a appris à lire une carte et à servir de pilote. Lucien conduit avec une calme assurance, la Peugeot 204 est maintenant bien rodée. Une ligne droite, il accélère.

— Pas si vite !

— Vous savez, elle a besoin d'être débridée de temps en temps.

— Je préférerais que vous ne vous débridiez pas, vous.

En fait, elle se sent en sécurité à ses côtés mais elle tient à savourer sans précipitation le passage des paysages. Elle aime qu'ils lui arrivent par caresses glissées plutôt que par gifles et saccades. Lorsqu'elle et Lucien ont commencé ces balades, même à soixante à l'heure elle avait le sentiment que le monde autour d'elle fuyait et se dissipait trop rapidement, telle la musique à la radio. Ces fragments de prés, de bois ou de villages s'émiettaient et s'effondraient sans qu'elle puisse les retenir. Peu à peu elle a appris à les absorber, à leur faire place et à les ranger soigneusement à l'intérieur d'elle-même. Aujourd'hui Lucien négocie ses virages en douceur, elle a le temps de s'habituer et de s'accorder aux changements de perspective. Ce boqueteau de bouleaux, elle le ramasse du regard, comme on cueillerait un bouquet, l'emporte. Un cadeau qu'elle s'offre. Parfois, elle aurait envie de faire revenir Lucien en arrière : reprendre à faible allure cette portion de route, ressaisir cet éclairage fuyant sur un toit de ferme, s'imprégner en profondeur. Ne pas laisser tomber derrière soi, en couture elle a toujours réutilisé les chutes. Elle n'ose pas lui demander de s'arrêter ou de reculer. Déjà elle a bien de la chance de disposer d'un véhicule et d'un chauffeur, Amanda n'aurait même pu rêver pareille aubaine.

Lucien a revendu la trop onéreuse quinze-chevaux à un amateur de voitures d'avant-guerre et s'est acheté une Peugeot 204. Elle consomme avec modération et puisqu'il assure lui-même l'entretien, le coût en est supportable. Soucieuse de continuité, Mme Léone l'a également baptisée "la fiancée". Mais, constate avec plaisir Eudoxie, cette fiancée-là ne lui est pas interdite. Il arrive à Lucien de l'utiliser pour accompagner Eudoxie au marché et ces derniers mois ils ont même été à Versailles, Marly-le-Roi et Saint-Germain-en-Laye. Le plus souvent, Lucien se promenait dans le parc tandis qu'elle allait visiter l'intérieur du château. Aujourd'hui la grande aventure, ils poussent jusqu'à Montfort-l'Amaury et la forêt de Rambouillet. Eudoxie a préparé un pique-nique. Une vie de petits-bourgeois oisifs, comme après son second mariage. Sauf qu'avec Armand, le sédentaire, il n'était pas question de bouger.

Des rentiers, oui, ils en ont fini avec la fabrication des bleus : Mme Rentier – un nom prédestiné – est décédée, sa fille est partie en province et Lucien a mis en vente le pavillon de la tante Firmine. Stupéfaits, tous deux ont découvert que les prix avaient décuplé : proche de Paris, Meudon était devenu très coté. Lucien a placé l'argent de la transaction, il va régulièrement à la banque s'informer du cours de ses actions, les revenus sont supérieurs à ce qu'Eudoxie et lui gagnaient avec leurs semaines de plus de cinquante heures. Elle a d'abord déclaré que cet argent n'appartenait qu'à lui et qu'elle reprendrait donc sa couture. Il a éclaté, elle repense parfois à cette scène, la seule fois où elle l'ait vu en fureur contre elle : pourquoi ne voulait-elle pas partager avec lui en sorte qu'ils aient un peu de bon temps ? Elle le rejetait comme une vieille chaussette, lui et son argent ! Elle a fini par céder, pas mécontente au bout du compte d'arrêter à soixante-quinze ans, ses yeux et ses reins peinaient. Pierrette Anglade a été remplacée par un locataire discret, bonjour bonsoir lorsqu'on le croise. Mme Léone trouve un peu fier ce M. Poirier, instituteur à l'école d'en face, estimant que la maison ne devrait être occupée que par le petit commerce et l'aristocratie ouvrière, à l'exclusion des gens de plume. Quant au jardin, il est cultivé par un retraité du voisinage qui garde pour lui la moitié des récoltes, une bonne solution. Eudoxie se souvient trop de cette année après le départ de M. Thomas durant laquelle, avec l'aide de Mme Léone, elle a essayé, vaillamment, de maintenir un carré de salades et de poireaux, son dos n'en pouvait plus.

A Montfort-l'Amaury, elle s'aperçoit qu'elle a oublié le pain. Lucien la suit dans la boutique et lorgne sur les pâtisseries.

— Je voudrais une polonaise et une religieuse.

— Mais j'ai confectionné un cake, vous le savez bien, nous l'avons emporté !

Sourire furtif de la boulangère. Eudoxie cède, elle ne va quand même pas déclencher une scène de ménage en public, Lucien repart avec son supplément de sucreries. Dans la voiture, elle le traite avec aigreur de gosse capricieux. Il se défend, les noms des gâteaux lui plaisaient presque davantage que leur aspect, elle hausse les épaules, tiens lui aussi écoute les mots. Il s'agit maintenant de trouver un emplacement idoine pour le pique-nique. Lucien aimerait un terrain découvert avec vue dégagée, elle préfère être à l'ombre – il bougonne, pourquoi n'avez-vous pas pris votre chapeau de paille ? –, si possible près d'un plan d'eau ou d'une rivière.

— Ah non, il y aura des moustiques !

— Vous n'aviez qu'à emporter le petit flacon de citronnelle.

C'est elle qui a gain de cause, il le lui doit bien après le coup de la pâtisserie. Au bord de l'Aulne, ils installent table et pliants. Tandis qu'elle mange la salade de riz au thon, il se jette sur la religieuse, attirant des guêpes. Puis la sieste, chacun avec son bouquin. Lui nu, à l'écart au soleil, en compagnie de *l'Adieu aux armes.* La manie du naturisme l'a repris mais pour l'extérieur Eudoxie exige qu'il mette un maillot de bain. Elle, plongée dans Zola qu'elle vient de découvrir. Chaque mois, Lucien se charge d'aller faire un choix à la bibliothèque municipale. L'idée d'un lieu constitué de milliers de livres effraie par trop Eudoxie : il faudrait tout lire, ou rien, il lui semble qu'elle opterait pour le rien, et fuirait.

Sur les quatre heures elle le voit revenir, visage rouge et gonflé, il pleure.

— Vous vous êtes fait piquer ?

— Euh oui, mais c'est pas pour ça… C'est parce qu'elle meurt, à la fin.

Eudoxie a lu le roman d'Hemingway la semaine dernière : oui, l'infirmière, l'amie du soldat américain, meurt après avoir accouché, d'accord c'est triste, mais il fallait bien que l'auteur achève son récit. Elle tend à Lucien son mouchoir – il oublie toujours d'en prendre –, puis une tranche de cake. Par deux fois elle l'aura vu pleurer : pour un chat et pour un personnage de fiction, quel animal déconcertant !

Peut-être pas autant qu'il y paraît, rumine-t-elle sur la route du retour. Une femme disparaît, abandonnant un enfant démuni. Son histoire à lui, d'une certaine façon. Jamais il n'a évoqué sa mère. Ah si, une fois, en montrant à Eudoxie un bouquin écrit par la fille de Raspoutine, accompagné d'une dédicace manuscrite : *à monsieur et madame Bouvier, en remerciement de leur accueil.* A Meudon, avait-il expliqué, existait une importante colonie russe. La fille de Raspoutine avait logé chez eux, au second, durant quelques mois et leur avait offert ce livre dans lequel elle tentait de réhabiliter son père. Souvent elle en parlait à Blaisine, déjà bien malade et qui compatissait. Par la suite elle avait loué une petite maison dans le sentier des Longs-Réages avec deux amies, russes également, et avait invité Lucien à plusieurs reprises. On prenait le thé, on chantait – l'une des jeunes filles se mettait au piano –, on récitait des vers. Lucien ne pouvait saisir le sens mais les sonorités lui semblaient très belles. Eudoxie ne parvenait pas à imaginer ce demi-sauvage associé à un samovar, un piano et de la poésie déclamée, toutes choses selon elle censées appartenir au seul univers des livres. Le thé ne se boit que dans les romans. Dans la vie on prend du café, ou une tisane si l'on est souffrant. Lucien en compagnie de la fille de Raspoutine et d'aristocrates émigrées, une tasse à la main ? Pourtant il ne fabulait pas, elle en était persuadée. Elle avait parcouru le livre, des histoires de cour, de sang et de cabales plutôt loufoques. L'intriguait davantage ce Lucien entrevu, incongru. Serait-ce pour faire bonne figure lors de ces soirées qu'il avait acquis l'élégant costume d'été en tussor arboré le jour de l'invitation sous la tonnelle ?

Et avec Pierrette Anglade, il y a deux ans, que s'était-il passé au juste ? L'affaire lui a laissé un relent suspect, et amer. Mme Léone – la pauvre perd du poids depuis la rupture – a suggéré que Pierrette Anglade avait fabriqué un mauvais prétexte pour s'en aller, mais Mme Léone n'aimait pas cette jeune femme, fournie par M. Thomas et trop enjôleuse à son goût avec la propriétaire. En parler franchement avec Lucien ? La seule fois où elle a essayé, il a affiché un bon sourire d'innocent. En tout cas, Pierrette Anglade n'est pas seulement une cajoleuse, elle a maintenu un lien affectueux avec Eudoxie et s'occupe d'elle comme s'il s'agissait de sa mère, sa grand-mère plutôt. Je mets en route les démarches pour faire installer le téléphone, à votre âge c'est indispensable ! Ah non, je ne veux plus vous voir traîner avec cette sale grippe, j'appelle un médecin, protestations de la malade. J'ai consulté l'assistante sociale de la mairie, il faut régler sans tarder le problème de votre retraite des vieux travailleurs. Pierrette téléphone fréquemment, histoire de démontrer l'utilité de cet instrument qu'Eudoxie estime être un luxe, prévient de sa visite en sorte que Lucien puisse, suivant la saison, disparaître dans sa chambre ou dans les bois. Et si vous preniez un poste de télévision ? Sur ce point, Eudoxie résiste fermement, les livres la distraient fort bien. Il y a un mois, Pierrette a annoncé qu'elle avait enfin rencontré un garçon sérieux, le mariage est prévu pour la fin de l'année. Bonheur d'Eudoxie, le second épisode de "la fiancée" aura permis à Pierrette d'en dégoter un, de fiancé, là-bas à Clamart où elle est allée se loger après son départ précipité.

Lucien rentre en flânant par la vallée de Chevreuse. Au passage, Eudoxie s'empare de la courbe moelleuse d'un vallonnement. Comme un châle dont elle s'envelopperait. Encore une idée bizarre, même à Pierrette elle n'oserait en parler. Faut-il donc avoir des loisirs, être rentière, pour se permettre ce genre de divagation ? Ils arrivent chez eux à la tombée de la nuit, Nonotte les accueille avec véhémence : il s'étrangle d'indignation tout en ronronnant et en serpentant, son repas de ce soir est très en retard. Agréablement fatiguée par le grand air, Eudoxie se couche après avoir avalé une assiettée de soupe. Plongée rapide dans les remous emmêlés d'un rêve et de la rivière, sursaut, remontée, elle se cale contre la courbe du vallonnement, là, bien amarrée, elle se sent en sécurité, le frissonnement des peupliers se superpose à la surface scintillante de l'Aulne, un soleil vacillant passé au tamis des feuilles de bouleaux se disperse en étincelles pâles criblant l'envers des paupières. Brèves lueurs, coulées d'ombre, un bric-à-brac de vrai et de faux, est-ce de ce côté-là que Lucien dérivait lorsque la folie l'habitait ? Eudoxie laisse jouer cette surimpression tremblée où se confondent les souvenirs à demi effilochés de la promenade et des images-flashes surgies d'on ne sait où. Etonnée de ce que dans le dépouillement précurseur du sommeil l'on puisse s'habiller de paysages tout à la fois mouvants et fulgurants, à l'instar des songes qui vont leur succéder, elle s'accorde de voyager dans ces contrées intermédiaires et se laisse flotter entre deux eaux avant de sombrer.

Pourquoi veut-elle toujours que nous nous arrêtions au bord d'un étang ou d'une rivière ? Je n'aime pas cela, elle ne se rend pas compte du danger.

Du côté de l'eau les femmes d'avant. Je préfère m'en tenir à distance et ne pas aller regarder ce qui s'étire entre deux eaux.

Il a posé sur la table de la salle à manger une énorme plante grasse hérissée de piquants.

— C'est quoi ?

— Une belle-mère. Pour vos quatre-vingts ans.

— Ah bon… euh, merci.

Une drôle de surprise. Elle n'ose embrasser Lucien. Ils restent face à face, bras ballants, décontenancés. Mme Léone les tire d'embarras en débarquant, une gerbe de glaïeuls dans les bras :

— Je vous invite tous les deux à déjeuner, j'ai préparé un repas d'anniversaire : gigot flageolets et tarte au citron, ça vous va ?

Et comment, Eudoxie lui fait la bise avec effusion. Elle s'affaire pour installer les fleurs dans un grand vase tandis que Lucien va se tasser dans son fauteuil à côté du poêle, mine maussade. Non merci, il a mal à l'estomac en ce moment, il ne digère pas les flageolets et le citron est trop acide pour ses muqueuses fragiles. A demi coupables, les deux femmes l'abandonnent, seul et mélancolique avec sa belle-mère.

Les jours suivants, histoire de se faire pardonner, Eudoxie arrose abondamment la plante tant et si bien qu'elle la fait crever. Elle en est navrée – pour une fois que Lucien se fendait d'un cadeau ! –, aucune importance, affirme-t-il. A nouveau guilleret avec la percée du printemps, il propose un tour en voiture, où elle voudra. Elle hésite avant de suggérer Levallois.

— Ah je vois, au 9, rue Vergniaud.

Il l'a donc écoutée – planqué derrière la porte ? – lorsqu'elle parlait à Pierrette de la rue de son enfance, avide de connaître ce que la confidente dérobait, jaloux d'un savoir qui lui échappait ? Lui qui persiste à jouer les sourds, notamment lorsque Mme Léone vient bavarder !

Eudoxie fait traîner, rien ne presse, à son tour d'être un peu patraque – chevilles gonflées et jambes lourdes. Et puis ces lycéens et ces étudiants qui s'agitent… Ça la fait sourire des gens qui ne sont pas des travailleurs et qui se mettent en grève. Début mai il fait beau, Lucien réussit à la décider après avoir étudié le trajet sur un plan. Arrivé sur le boulevard périphérique, il est terrorisé : les vrombissements, la morgue des camions, une autre façon de conduire que dans sa banlieue encore agreste ou sur les routes de campagne dont il a l'habitude. Klaxons et appels de phares se multiplient, invectivant sa lenteur. Il en loupe la sortie à la porte de Champerret, se perd ensuite dans le quadrillage strict de Levallois et les sens interdits. Enfin, la rue Vergniaud. Du 5 au 13 un énorme amas de décombres et une pancarte annonçant un vaste projet municipal, la crèche Louise-Michel. Lucien stationne, coupe le contact, silence. Eudoxie est tassée sur son siège, d'une petite voix elle finit par remarquer :

— C'est drôle de donner son nom à une crèche, elle qui n'a pas eu d'enfants.

— On aurait dû venir plus tôt, avant qu'ils ne démolissent.

— Ils ont eu raison, c'étaient de très vieux immeubles, sans eau ni gaz. Quand j'étais petite en tout cas.

— Vous voulez qu'on fasse un tour à pied dans le quartier ?

— Non, non, on s'en va. J'ai bien vu, le bougnat du coin n'est plus là.

De retour à Meudon, Lucien met la radio : ce soir du 10 mai, matraquages et barricades au Quartier latin. Les jours suivants il écoute presque continuellement. Eudoxie se branche par intermittence. Un midi, elle s'entend déclarer :

— Alexandre aurait aimé vivre en ce moment. Il aurait été tout le temps dans la rue, j'en suis sûre.

— Alexandre ?

— Mon père.

Brusquement, elle se met à parler de l'anar braillard. Alexandre, il racontait que la Commune avait été une grande fête. Un printemps radieux, l'été et les cerises au mois de mai, les discussions chaleureuses et les bals en plein air, tard dans la nuit. Ensuite, la violence, les massacres, l'horreur de la répression. Lui, il avait échappé de justesse. Elle a peur que ce mois de mai-ci ne s'achève également dans le sang. Lucien ne croit pas. Il réfléchit puis remarque :

— Si vous êtes née en février 1888, votre père ne pouvait être qu'un enfant en 1871.

— Non, parce que mes parents se sont mariés très tard. Lorsqu'ils m'ont eue, ils avaient déjà trente-sept ans.

— Mais alors, pour Fanny, ils avaient quel âge ?

— Parce que vous êtes au courant de Fanny ?

Il se croit obligé de rougir, se grattouille bêtement le crâne.

— Fanny, c'était l'enfant de la quarantaine. L'inespérée. La préférée bien sûr. Et il a fallu que ce soit elle qui meure, au lieu de moi.

Larmes. Cette fois, c'est lui qui cherche un mouchoir et le lui donne. Il laisse passer un moment avant de remarquer :

— C'est drôle quand même : votre père aura connu la Commune et vous Mai 1968. Ce ne doit pas être si fréquent.

Elle fait l'effort de sourire, avant d'interroger :

— La belle-mère, c'était parce que je pique ?

— Des fois... Mais le plus souvent vous avez la peau douce.

— Qu'est-ce que vous en savez ?

— Je sais, rien qu'à regarder.

Elle hausse les épaules et se remet à son tricot. Une brassière au point mousse, Pierrette est enceinte. Le tricot cliquetant et le chat ronronnant vont bien ensemble, une tranquillité répétitive, circulaire. Combien de Nonotte depuis la mort du premier, en août 1944 ? Les locataires et les chats passent. Des premiers elle se souvient fort bien, et si jamais elle oubliait leurs dates d'arrivée et de départ elle pourrait consulter les talons des quittances de loyer, elle a tout conservé. Les chats, c'est l'éphémère, on ne sait trop comment ils débarquent ou disparaissent, ils ont l'art de vous filer entre les doigts. Ne lui restent que des coulées grises ou roussâtres, des yeux nocturnes fluorescents, le bavardage des pattes sur le parquet ou les criailleries érotiques dans le jardin. A aucun elle ne s'est attachée. Ils font partie des lubies de Lucien, peut-être ce qui le protège pour une part de la folie ? Tout de même elle voudrait parvenir à récapituler le compte, n'y parvient pas, les repères manquent. Si seulement, ainsi qu'elle l'avait suggéré, Lucien avait accepté de leur donner à chacun un nom différent, elle s'y retrouverait mieux. Mais non, c'est comme s'il lui fallait maintenir un chat unique. Et une femme unique ? Interrogé sur le nombre de félins accueillis par lui depuis 1944, Lucien reste très évasif, six ? dix ? Elle aurait dû noter, ces satanées bestioles lui révèlent les failles de la mémoire, elle n'aime pas percevoir ce glissement.

A quatre-vingts ans il n'est pas trop tard pour commencer un journal. Elle ne se le formule pas exactement de la sorte. Juste inscrire de petits faits, au jour le jour, histoire de ne laisser s'effriter ni soi ni le temps. Il ne lui viendrait pas à l'idée d'acheter un cahier spécial. Sur son carnet de comptes à couverture cartonnée, lustrée aux angles, elle écrit à la date du 20 juillet 1968, sur la page de gauche :

Sanogyl : 2 F 00. Biscottes : 1 F 70. Désherbant pour les pommes de terre : 22 F 50.

En face, après avoir hésité – comment trier l'essentiel : *J'ai nettoyé les framboisiers. Lucien s'est décidé à récurer le fossé. En fin d'après-midi Pierrette est venue me présenter son bébé, Marie-José. Une brunette, comme sa mère.*

Je ne l'avais jamais vue pleurer. En tout cas, je suis bien content que ce soit elle la survivante, et non pas cette Fanny.

Insecticide Tupic : 6 F 45. Huile Lesieur : 5 F 76. Fromage de chèvre le Bougon : 3 F 10.

Il fait moins chaud. Heureusement car mes jambes avaient beaucoup gonflé. Pierrette veut que j'aille chez le docteur et fasse faire des analyses. Elle m'a invitée pour l'anniversaire de Marie-José. Sept ans déjà. Je pense lui offrir une chaîne en or.

Le fromage dénommé le Bougon n'est consommé que par Eudoxie. Lucien en récupère l'étiquette qu'il colle sur la porte de sa chambre lorsqu'il se sent bizarre et désire se cloîtrer. Eudoxie ne s'inquiète pas trop : il a ses lunes, ses humeurs le reprennent, ses femmes sont revenues… Le plus souvent elle les oublie, les femmes d'avant. Parfois, oui, elle les sent remonter dans l'eau délavée de ce regard qui soudain décolle, dérape vers l'absence, voire se fait hagard. Mutisme. Rare, il est vrai. Le plus souvent Lucien remet le disque des jérémiades : son foie s'est distendu, le cœur cogne selon un rythme anarchique, le cuir chevelu le démange, ça le brûle lorsqu'il urine, il n'arrive pas à s'arracher ces glaires de l'arrière-gorge, il étouffe, il n'en a plus pour longtemps, il le sait. Elle écoute, mi-amusée – après tout, il est préférable que ces grains de folie baladeurs se nichent dans la vessie ou les bronches plutôt que dans le cerveau –, mi-agacée, la complainte creuse toujours les mêmes sillons. Eudoxie a compris qu'il convenait d'avoir l'air attentive et de faire semblant d'y croire mais il lui arrive de se lasser. L'affichage de l'étiquette le Bougon lui rappelle une voisine de Levallois : histoire de prévenir son mari elle mettait un corsage rouge lorsque ses affaires débarquaient, tout le monde ne peut s'offrir des camélias.

Lorsque Lucien émerge de ses ruminations cafardeuses, elle est étonnée de cette curiosité qu'il a d'elle : il veut savoir d'où lui vient ce magnifique prénom. Magnifique ? Elle se serait bien passée d'être affublée d'un machin pareil ! A la communale les autres filles se moquaient, elle avait essayé de se faire appeler Louise, ça n'avait pas pris.

— Vous avez tort, c'est très beau. Ça veut dire celle qui a une opinion juste.

— Ah bon ?

Ce vieil ahuri lui révèle sur le tard la signification de son prénom. Un peu plus elle allait passer à côté. La voici réconciliée avec cette étrange dénomination qu'elle traînait tel un vêtement démodé depuis quatre-vingt-sept ans.

— Ma marraine s'appelait Eudoxie Couture, c'est pour ça.

— Que vous êtes devenue couturière ? Mais c'est extraordinaire ! Une fée marraine a déposé sur votre berceau des doigts de fée, avec un dé et des ciseaux d'argent, je parie.

Elle sourit, elle n'y avait jamais pensé. A Pierrette, aussi, elle avait parlé de sa marraine, première chez Worth – sans doute Amanda espérait-elle que plus tard la marraine bien placée pousserait sa filleule vers les grandes maisons, un leurre parmi bien d'autres… Pierrette n'avait pas du tout perçu les choses à la façon de Lucien, c'est curieux comme les histoires les plus dérisoires deviennent différentes selon qu'on les raconte à tel ou telle. Lucien le faux sourd entend autrement.

Faux ? Ce n'est plus si sûr. L'effet de l'âge ? Mme Léone a remarqué qu'il ne la comprenait plus du tout – mes papotages doivent l'agacer ! – et que très souvent Eudoxie servait d'interprète entre lui et toute personne extérieure. Non qu'elle parle fort, mais Lucien semble n'être sensible qu'à son timbre de voix. Une conspiration de femmes se trame : Eudoxie, Mme Léone et Pierrette, pas rancunière, après tout c'est grâce à lui si elle s'est mariée, ont décidé de lui offrir pour ses soixante-treize ans un appareil contre la surdité.

Une brève période, euphorique, de communication puis Lucien décrète que ce truc lui provoque des maux de tête, crépite fâcheusement et sécrète de multiples bruits parasites. D'ailleurs il écoute la radio beaucoup mieux sans, grâce à des amplificateurs bricolés à sa façon. Il démonte ce qui est devenu pour lui une machine à persécuter et en récupère quelques éléments, on ne sait jamais, ça peut servir. Sa marotte du moment consiste à acheter quantité de gadgets ménagers, à leur ouvrir le ventre et en extirper avec une délicatesse chirurgicale certaines parties pour les greffer sur d'autres engins préalablement dépecés. Avoir réussi à faire marcher le vieux moulin à café avec le moteur du robot-mixer que sa belle-mère refuse farouchement d'utiliser le met dans un état de jubilation que même M. Poirier, plus sociable depuis quelques mois, remarque :

— Vous devriez le présenter au concours Lépine et le faire breveter.

Regard noir de Lucien. En aparté Eudoxie explique à M. Poirier l'épisode ancien de l'invention, il est désolé, s'il avait su... Il tient à se faire pardonner, leur prête des bouquins provenant de la bibliothèque de l'école. Eudoxie apprécie – absorbé par sa passion bricoleuse, Lucien ne prenait plus le temps d'aller à la municipale – et fait avec plaisir une cure de Kipling, Jack London et Mark Twain, les livres soi-disant pour les enfants conviennent fort bien au quatrième âge, constate-t-elle.

Pierrette et son mari les invitent tous deux à venir passer dix jours dans le Quercy, ils les emmèneront en voiture. Eudoxie se doute qu'ils ont convié Lucien davantage par politesse que par désir de sa présence, bien que Marie-José s'amuse volontiers avec lui. Il refuse, il ne peut abandonner Nonotte – un noiraud intronisé depuis peu –, de surcroît il est au régime en ce moment, du pain rassis trempé dans du yaourt constitue sa seule alimentation. Même ainsi réduite elle s'avère dangereuse, il faut l'éliminer au plus vite, la brûler, explique-t-il, en marchant longuement après chaque repas autour du potager. Mme Léone – la malheureuse continue à maigrir de façon spectaculaire – ironise volontiers : Lucien ne parle que de vitamines et ne consomme jamais les légumes autour desquels il fait des kilomètres. Eudoxie hésite un peu puis se décide à partir sans trop d'inquiétude : Lucien fait joujou avec un autre hybride de son cru. Elle lui fait jurer de ne pas s'attaquer au lave-linge, le seul appareil domestique auquel elle tient, images d'Amanda dans la cuisine embuée touillant le contenu de la lessiveuse comme de la pâte à papier.

Dans le Quercy, elle ne manque pas d'apprécier le vieux cahors et le cou d'oie farci. Plus encore d'être la grand-mère et l'arrière-grand-mère de la maisonnée. Changer de rôle et de rythme rajeunit. Et le temps en compagnie d'un enfant prend un autre cours, plus lent, plus plein. Elle qui ne connaissait guère que les prés spongieux de la Mayenne ou les nuages nacrés de l'Ile-de-France savoure les odeurs, les pierres et la lumière sèches. Parfois un vent nerveux balaie le ciel, et jusqu'au souvenir de Meudon et Lucien. A peine le titillement d'un remords. Chacun la félicite d'avoir bon pied, bon œil et un vigoureux coup de fourchette. Son seul problème de santé est le Lasilix, ce médicament qui l'oblige à aller souvent faire pipi, ça l'agace, ça fait vieux, bien davantage que d'avoir les chevilles gonflées, estime-t-elle.

Le retour est moins plaisant. Plus personne à la maison sauf le chat, revendicatif, et M. Poirier, qui l'informe. Mme Léone a dû être hospitalisée d'urgence, de graves hémorragies, sans doute un cancer. M. Bouvier ? Il était encore là avant-hier, depuis il a disparu.

— Ça vous ennuierait de me conduire avec votre 4L jusqu'à l'étang de Trivaux ?

— Vous pensez qu'il rôde par là ?

— Peut-être, il faut voir.

Elle croit connaître les tanières de cet animal doué de folie et de raison. La proche, la tonnelle et ses feuillages. La lointaine, celle des grandes détresses, l'eau de l'étang. De l'une à l'autre Lucien tisse des chemins qui détiennent une logique. L'instituteur a beau être gentil et, suppose-t-elle, instruit, elle ne saurait lui expliquer ce savoir-là. Lucien est assis contre un tronc, il regarde l'eau fixement et se laisse emmener lorsqu'elle le prend par la main. M. Poirier voudrait se diriger vers l'hôpital, Eudoxie s'y refuse énergiquement.

Elle vient lui donner la becquée dans son lit. Parfois les yeux de Lucien reviennent d'elle ne sait quelle contrée pour se poser sur elle :

— Je me demande où est la patronne.

— Elle finira bien par rentrer.

— Vous croyez ? Elle est morte peut-être.

— Je ne pense pas.

— Alors elle est aux cabinets. Ça dure, vous ne trouvez pas ?

— Il lui faut le temps.

— Oui, tout est coincé.

Elle lui apporte un seau hygiénique puisqu'il se refuse à sortir. Hors de la chambre, et même hors du lit, le danger semble extrême. Si présente cette menace dans les yeux de Lucien qu'Eudoxie se retourne et regarde au fond du miroir. Rien, une eau grise, immobile. Même pas le reflet de Marceline. Etonnée, elle inspecte le mur en face : la photographie a disparu. L'aurait-il enlevée pendant son absence ? Ou même avant : depuis deux mois il prétendait faire lui-même le ménage dans sa chambre. Le nettoyage aurait englobé les souvenirs de famille, du coup il déménage. Une nouvelle fois, elle s'en veut de laisser les mots dériver ainsi, ce n'est vraiment pas le moment ! Lui remontent à la mémoire le retour de l'exode et celui de la Mayenne, dix ans après : à chacune de ses absences Lucien a déraillé, soit la fugue, soit la claustration.

— Vous avez pu trouver du travail sur ce continent-ci et sous ce climat ?

— Oui, oui, ne vous inquiétez pas.

— Le voyage a été très long.

— Mais nous avons fini par arriver.

— Vous, peut-être. Moi je me suis fait renvoyer à la mer.

Mer ou mère ? Il est clair qu'une vaste marée a chamboulé ses repères. Comme au mois de juin 1940, cette fois sans bombardement. La déflagration a dû se produire dans sa tête. A-t-elle tort de lui répondre comme si elle était dans le même monde que lui ? Elle ne sait qui elle est pour lui. Un nouveau rôle à endosser. Elle se souvient de certains livres de science-fiction que Lucien lui a fait découvrir bien qu'elle n'en soit guère friande. On est dans un univers, on bascule juste à côté, plus rien n'est pareil, ni le temps ni l'espace. Elle tente de se persuader que Lucien n'est pas parti si loin que ça. Oui, sans doute juste à côté, un système parallèle, il suffirait d'une légère pichenette pour qu'il revienne dans la même case qu'elle.

Un dimanche après-midi, elle demande à M. Poirier s'il veut bien jeter de temps à autre un coup d'œil sur Lucien pendant qu'elle va à l'hôpital de Versailles rendre visite à Mme Léone. Un cadavre déjà, un regard lui aussi parti vers d'autres contrées. Dire que parfois Mme Léone la fatiguait avec ses bavardages et que nulle parole ne sortira plus de cette bouche exsangue. Lorsqu'elle revient, M. Poirier présente des signes d'agitation inquiétants : il faut faire interner M. Bouvier de toute urgence, ses propos sont incohérents, il a voulu se déshabiller, et puis ces yeux, et ce chat noir qui lui tourne autour…

— Vous me paraissez plus énervé que lui. Venez donc le voir avec moi.

Sans prendre le temps d'enlever sa veste, elle pénètre dans la chambre. Lucien tourne la tête, lui sourit :

— Ah vous voilà ! Vous en avez mis du temps à rentrer du Quercy. Que je ne vous y reprenne plus !

Elles n'étaient pas loin de la surface. Méduses laiteuses, elles remontaient du fond de la mer, m'attiraient.

Après, elles étaient au fond de la glace. J'ai eu si peur d'être absorbé par leurs membranes molles.

— Vous voulez qu'on aille voir la mer ?

— C'est loin ?

— Non, deux ou trois kilomètres.

— Je préférerais aller voir ma grand-mère, si ça ne vous ennuyait pas de m'accompagner jusqu'au cimetière.

Ça ne l'ennuie pas du tout, ce voyage à La Délivrande il le lui offre pour ses quatre-vingt-huit ans, c'est elle qui décide. M. Poirier s'est vivement inquiété de les voir partir : un trajet inhabituel, une voiture déjà ancienne conduite par un homme plus très jeune et qui, de surcroît, était envahi par le délire six mois auparavant ! Eudoxie a pris la route en toute sérénité, elle sait quand elle peut faire confiance à Lucien.

Ils finissent par trouver la tombe de la mère d'Amanda dans un recoin à demi délaissé, fouillis agreste de pierres et de ronces : Berthe Decaen, 1818-1881.

— Elle est morte peu après le départ de maman pour Paris, avec mon père. Sans doute s'est-elle sentie abandonnée.

— C'est dans ce caveau que vous voulez être enterrée ?

— Euh… je ne sais pas, je n'y ai jamais réfléchi.

— A Meudon, au cimetière de Trivaux, il y a encore deux places.

Eh oui, puisque Armand a été inhumé en Mayenne. Deux places juste au-dessus de Blaisine, que penserait-elle de ce ménage à trois ? Tiens, Eudoxie n'y avait jamais fait attention, à Meudon l'étang et le cimetière portent le même nom, Trivaux. Lucien insiste :

— Moi je veux mourir avec vous, et après qu'on reste ensemble.

— Arrêtez de dire des bêtises ! On meurt seul et après, rien.

En tout cas, pour cette nuit, ils sont condamnés à rester ensemble : une seule chambre disponible à l'hôtel du Commerce, avec des lits jumeaux. En dehors de l'été et des périodes de pèlerinage, la quasi-totalité des hôtels sont fermés.

— L'église est bien laide, constate Eudoxie.

— Toujours, dans les lieux de pèlerinage.

— Maman avait voulu m'envoyer ici, chez une tante, pour faire ma communion. Mon père s'y est opposé, la religion le mettait en fureur.

Durant le dîner – des moules auxquelles Lucien ne touche pas et du poulet à la crème –, elle continue à raconter. Amanda avait habité La Délivrande avec sa mère jusqu'à l'âge de trente ans, toutes deux confectionnaient de la dentelle. Berthe disait à sa fille qu'elle était bien tranquille ainsi, les hommes boivent et vous font des enfants sans vous demander votre avis. Sur le tard, Amanda s'était laissé enlever par le bel Alexandre qui promettait monts et merveilles de la vie à Paris. Lasse des dentelles maternelles, Amanda, désireuse d'en être délivrée ? Alexandre avait épousé, certes, puis s'était conformé aux prédictions de

Berthe : soûlard, gueulard, se souciant davantage de sa politique que de sa famille.

— “Si t’as faim, tu fais comme les poules, tu grattes”, c’était sa réponse favorite lorsque maman se plaignait.

— On dirait du mauvais Zola, ou un roman populiste à quatre sous.

Elle a suffisamment lu – grâce à M. Thomas, à Lucien et à M. Poirier – pour comprendre ce genre d’allusion, même si elle n’aime pas sentir son enfance réduite de la sorte.

— Si vous voulez… Pour moi, à Levallois, c’était le quotidien, pas de la littérature.

— Et vous, vous vous êtes mariée à quel âge ?

— A trente ans, comme maman… Elle me répétait ce que Berthe lui avait dit. Les paroles des mères ne servent jamais à rien ! Gilbert Hennequin picolait mais bon, il était gentil.

Lucien semble jaloux, brusquement, de ce Gilbert inconnu. Il détourne la conversation sur sa naissance à lui, là-bas dans le Béarn. Sa mère avait voulu accoucher au pays, auprès de sa propre mère, le travail avait été interminable, une sage-femme – même pas, une matrone de village plus ou moins rebouteuse – n’avait su qu’aggraver le désastre, Blaisine avait été atrocement déchirée…

Eudoxie garde le silence, jamais Lucien n’a autant parlé de sa mère.

— Mais elle l’était déjà… Et si elle a souffert autant, c’est sans doute que nous ne voulions pas nous séparer.

Elle ne lui fait pas remarquer qu’il a dit à peu près la même chose tout à l’heure, au cimetière, comme si dans sa logique, qu’elle croit deviner, il était tout naturel d’évoquer la naissance après la mort. Ces graves sujets les ont tous deux un peu assommés, sans parler du vin blanc et de la route, la plus longue qu'ils aient faite ensemble, il est temps d'aller dormir. Eudoxie se déshabille derrière le paravent qui masque le coin-lavabo et enfile sa chemise de nuit en pilou, un cadeau de Mme Léone, images des derniers moments et de l'enterrement. Lucien est déjà couché. Plus de trente-cinq ans qu'elle n'avait entendu une respiration nocturne toute proche. Lucien s'agite en rêvant, elle se réveille fréquemment. Son troisième homme ronfle à ses côtés. Dix ans avec Gilbert, cinq avec Armand. Plus de quarante en compagnie de celui-là, une compagnie, oui, si on veut... Dérobades de la mémoire, les traits de Gilbert ont été estompés par la maladie et d'Armand ne survit guère qu'une image forte : agenouillé, tiraillant – furieux, désespéré – sur les pis douloureux d'une vache. Les meuglements fous persistent dans ses oreilles, plus angoissants que les sirènes des alertes. Armand exilé de sa terre natale, puis d'un corps de femme. Qui était déchiré ? Elle sait bien qu'elle n'a pu, en si peu d'années, réparer de vieilles blessures. Amanda exilée loin du corps maternel auquel la reliait le cordon si fragile de la dentelle. Vaguement angoissée par le changement de lieu, Eudoxie retrouve au creux d'elle-même, dans ce lit étranger, la petite fille qui pleurait la nuit de ne savoir comment enrayer l'usure d'Amanda. Insomnieuse, elle voudrait se nicher dans l'humus du cimetière, enrobée par cette grand-mère qu'elle n'a pas connue, revenir là, se lover, ronronner. Des lambeaux de phrases bizarres se baladent dans sa tête – terrier tiède, giron d'ombre, dentelles et mamelles. A croire que la cohabitation avec Lucien la détraque.

Elle finit par s'enfouir dans le sommeil comme dans le terreau parfumé de la tombe. Une odeur chaude.

Réveillée par la non moins bonne odeur de café, Lucien est allé chercher le plateau du petit déjeuner. Non, non, elle ne veut pas le prendre au lit, comme une bourgeoise, ça ne lui est jamais arrivé. Tous deux s'installent autour d'un guéridon, devant la fenêtre. Sur les vitres dégouline une pluie traditionnelle. Eudoxie s'inquiète pour la route du retour, Lucien pas du tout : ces averses auront sûrement cessé lorsqu'ils prendront l'autoroute en direction de Paris. Il lui beurre une tartine et prend son air matois pour glisser :

— Alors, je vous enlève de La Délivrande ?

Elle s'attendrit mais déchante lorsqu'il ajoute :

— Quand même, ça fait drôle de passer une nuit sans chat.

— Oh vous et vos manies de vieux garçon !

— Du coup, vous savez quoi ? J'ai rêvé que vous étiez devenue une chatte. Une siamoise aux yeux bleus. Comme les vôtres.

Elle hausse les épaules et parvient mal à masquer une vague rougeur derrière le grand bol de café qu'elle soulève avec une lenteur précautionneuse. Ridicule d'être ainsi troublée, telle une jeune mariée au premier matin de son voyage de noces. Elle n'en a jamais eu, de voyage de noces, Gilbert et elle étaient trop fauchés et avec Armand ils étaient trop vieux. Elle repose son bol, sourit en dedans, elle allait oublier qu'elle commence à être très vieille.

C'était une chatte très caressante. Délurée même, elle aimait renifler l'odeur de mon bas-ventre à travers mon pyjama. Ce qui me faisait bien rire.

Plus tard la siamoise s'est dédoublée, déchirant sauvagement sa membrane. Elles furent deux, l'une aux yeux bleus, l'autre aux yeux châtaigne. La première a disparu et la seconde est devenue folle. Elle déchiquetait le placenta de ma naissance, je ne pouvais plus retourner en arrière. Plus tard encore celle aux yeux bleus est revenue, elle a regardé les fragments – cela s'appelle la délivrance –, elle a ramassé un lambeau lacéré, les dentelles de la délivrance, a-t-elle ajouté.

Au retour, le drame : le noiraud a disparu. Désespéré, Lucien s'accuse et se fustige, il n'aurait jamais dû l'abandonner, ne serait-ce que pour deux jours.

— Il vous imite, s'en va lorsque les patrons s'absentent. Vous voyez comme c'est agréable…

Vexée, Eudoxie, de ce que Lucien semble regretter leur nuit commune. La voici reléguée dans l'échelle des valeurs loin derrière les félins, même si des métamorphoses oniriques lui ont permis d'accéder, passagèrement, à la caste suprême.

Pierrette en profite pour suggérer qu'il serait temps de renoncer aux chats : lorsqu'ils viennent tourner dans les jambes d'Eudoxie, ils risquent de la faire tomber, il vaudrait mieux éviter la classique fracture du col du fémur. Fureur de Lucien, remontée d'anciennes rancœurs, de quoi se mêle-t-elle encore celle-là ? Huit jours après, famélique, l'oreille lacérée, le noiraud resurgit et impose à nouveau sa loi dans la maison.

Le premier étage est resté vide, Eudoxie se rend compte qu'elle répugne à le louer. Comme si elle allait laisser mourir Mme Léone une seconde fois. Pierrette propose une de ses collègues, célibataire : elle serait aux petits soins, vous ferait une partie des courses, vous commencez à peiner pour revenir du marché avec vos cabas. Eudoxie se doute que Pierrette cherche à déléguer dans la place un double d'elle-même, vigilant. Elle résiste avec fermeté et finit par signer un bail avec des jeunes mariés, indifférents à tout sauf à leur couple. Trois mois plus tard Pierrette revient à la charge : par le service social de la mairie Eudoxie pourrait obtenir une aide ménagère à tarif réduit, ce serait déjà un soulagement. Pas question, on nettoie sa propre saleté soi-même, on ne laisse pas une autre y mettre son nez ! Pierrette bat en retraite, sentant qu'elle se heurte là au bastion d'une morale enracinée en profondeur.

Eudoxie ne l'avouera pas, surtout pas à Pierrette, mais elle sait qu'elle faiblit. Déjà elle s'en est rendu compte l'été dernier : cette lassitude agacée lorsque, chaque jour, il lui fallait ramasser haricots verts ou tomates et les stériliser sans tarder, oui elle en avait marre du jardin et honte d'en avoir marre, on ne crache pas dans la soupe surtout lorsqu'on peut la faire avec des légumes fraîchement cueillis. Auparavant, elle retournait son matelas chaque semaine. Depuis le retour de La Délivrande, elle s'en tient à une fois par mois. Elle a fini par accepter la télé, constatant qu'elle ne pouvait plus bouquiner plusieurs heures à la suite, ses yeux larmoient. Et la semaine dernière elle s'est résignée à s'asseoir pour terminer son repassage, son genou droit la faisait trop souffrir. Silencieux et vaguement rêveur, tel un chat, Lucien s'est installé tout à côté.

— Qu'est-ce que vous faites là à me regarder, l'air benêt ?

— Rien, je vous regarde… Et puis j'aime bien l'odeur de votre repassage.

— Vraiment ? Ça nourrit peut-être ?

Il a appris à sourire lorsqu'elle l'agresse, à observer tout en même temps. Dès le lendemain, il a combiné un ingénieux réglage de la planche de façon qu'Eudoxie, bien calée sur sa chaise, puisse manier le fer sans avoir à lever les bras. S'ensuivent d'autres innovations. Des roulettes aux pieds du gros fauteuil dans lequel elle aime lire – vous pourrez le déplacer plus aisément. Un subtil système de poulies et de cordages permettant de descendre le tub placé sur une étagère très en hauteur dans la cuisine : Eudoxie s'en sert le mercredi et le samedi, jours de toilette complète.

— Comme ça, vous n'aurez plus à grimper sur un tabouret pour l'atteindre.

Ainsi il prévoit, pense à leur vieillesse à tous deux. Allons bon, c'est elle qui déraille à nouveau, ils y sont bel et bien dans la vieillerie, elle surtout ! Mais elle croyait que Lucien vivait dans l'instant, à l'image de ses compagnons félins, presque hors de la durée. Cependant elle proteste avec vigueur le jour où il lui apporte, très fier, sa dernière invention : une chaise percée fabriquée en grand secret dans l'atelier. Il l'a peinte en bleu et a même acheté un seau hygiénique assorti.

— Ah non ! Je préfère aller à l'asile plutôt que d'avoir à m'installer chez moi sur ce genre d'engin.

— L'asile ? C'est Pierrette qui vous a mis cette idée dans la tête ?

— Je n'ai pas besoin de Pierrette pour savoir qu'il faudra bien y songer un jour.

Panique dans ses yeux de plus en plus pâles. Il repart tête basse, son chef-d'œuvre couleur d'azur sous le bras. Un enfant dont on aurait cassé le jouet : Eudoxie se sent grignotée par le remords – mais bon, il faut bien lui rappeler la réalité à cet escogriffe ! Coupable davantage encore lorsque, le lendemain, Lucien inaugure une violente crise d'asthme, un symptôme étranger à sa panoplie traditionnelle. Cette fois on y est dans le réel, c'est sérieux, il étouffe au point de lui faire très peur, vite un médecin en urgence.

A l'hôpital de Versailles, Lucien se requinque assez vite. Elle lui apporte les premières framboises, il les savoure en arborant son sourire de clown triste. Lorsqu'il revient il se fait dorloter, reprend du poids, un peu de gym, puis, rétabli, décide de repeindre le portail donnant sur le boulevard en rose vif. M. Poirier s'en amuse :

— On dirait l'entrée d'une maison de passe. Au moins c'est plus gai que celui de l'école juste en face, avec son caca d'oie pisseux.

Durant l'absence de Lucien, Eudoxie a pu apprécier l'amitié feutrée de M. Poirier. Presque chaque soir, il est venu lui faire la lecture puisque ses yeux fatiguent et que ni l'un ni l'autre ne sont des passionnés de télé. Il a voulu lui faire découvrir la poésie contemporaine, elle renâclait : tel le thé, les poèmes ne sauraient être consommés que dans les romans ou par des gens de la haute. Peu à peu ses résistances se sont effritées. Porté par le timbre de cette voix d'instituteur bien placée dans les graves, le sens naissait presque tout seul des sonorités, avec naturel. M. Poirier expliquait bien un peu, juste ce qu'il fallait, il affirmait que l'on pouvait comprendre sans comprendre, elle saisissait mieux pourquoi elle avait toujours eu du goût pour les mots en eux-mêmes et pour leurs rencontres imprévues. Un soir après son départ, elle s'est laissée dire qu'elle aurait bien aimé épouser un instituteur. Ou l'être elle-même. Apprendre... Elle a non moins apprécié que M. Poirier se soit retiré chez lui, en toute discrétion, dès le retour de Lucien. De cette parenthèse poétique elle n'a parlé ni à Lucien ni à Pierrette. Une petite histoire rien qu'à elle.

L'été 1978. Elle et Lucien ont renoncé aux expéditions de la journée. La forêt de Rambouillet est devenue lointaine. Restent le bois de Meudon et son étang de Trivaux, pour un après-midi. Tous deux aiment ce lieu tranquille, peu fréquenté en semaine. Bien que ce ne soit pas l'itinéraire le plus direct, Lucien passe par le carrefour des Fonds-de-Bel-Ebat, à chaque fois cette dénomination les fait jubiler. D'autant, fait-il remarquer en rigolant, qu'il est juste à côté du carrefour de la Justice ! Et proche de celui du Carré-aux-Pièges, ajoute-t-elle. C'est quoi le piège, demande-t-il, les ébats ou la Justice ? Elle hausse les épaules, la question n'appelle pas de réponse – c'est du jeu, c'est pour rire –, elle savoure leur connivence dans le non-sens. Carrefour de la Garenne, route de la Fontaine-aux-Lins, doux et chantant, autrefois elle a travaillé le lin, un tissu quelque peu tombé en désuétude, les modes vont et viennent.

A Trivaux elle s'installe sur une chaise pliante, Lucien amarre le parasol et s'en va nager. A soixante-seize ans il a conservé un long crawl coulé, il traverse l'étang plusieurs fois, ressort, s'ébroue tel un chiot – eh, attention, vous m'arrosez ! – puis s'allonge dans l'herbe à côté d'elle. Elle retrouve le même plaisir qu'il y a vingt ans à contempler ce corps longiligne et délié, même si les muscles sont moins solidement arrimés au squelette qu'autrefois. Les autres hommes, en comparaison ! Des pêcheurs ventripotents, des retraités flasques et bedonnants, aucun doute Lucien est le plus beau. Bientôt il va réclamer à manger, elle lui donnera son goûter, bananes et biscuits. Elle-même grignote. Une lumière tendre sur les hêtres, un étang paisible – pourquoi donc Lucien se réfugiait-il ici lors de ses fugues ? –, un bonheur moelleux, pour combien de temps encore ? Quatre-vingt-dix ans, elle ne se sent pas tellement décrépite. Puisqu'elle aime regarder Lucien nager avec aisance ou laisser remonter en elle la voix de M. Poirier lui lisant Guillevic. Elle a oublié les termes mais non les résonances. A son âge, elle aura eu cette chance. Et après tout la folie de Lucien, à sa façon, n'a pas été si mauvaise pédagogue. Avec lui aussi elle aura appris. Lui qui a essayé de mettre de la couleur dans la grisaille de leur vieillesse. Du bleu. Du rose.

— Vous croyez que je peux retourner dans l'eau avec tout ce que je viens d'avaler ?

— Mais oui, elle est chaude, m'avez-vous dit.

Il s'éloigne vers l'autre rive, elle suit des yeux le friselis scintillant du sillage.

J'aime la caresse de l'eau. J'évite seulement d'aller au fond vers la gauche, là où l'ombre persiste même en été. Je me méfie de ces longues herbes aquatiques telles des chevelures, elles pourraient bien m'entortiller.

Il y a très longtemps, je venais ici. Seul. Une fois ou deux, j'ai dû rester dormir. Je ne sais plus pourquoi.

Là-bas, cette minuscule silhouette sous un parasol, ma femme hors d'eau.

Mitterrand a été élu président de la République. Je n'ai pas voté pour lui, je n'aime pas son air de faux jeton. Lucien n'a pas voulu se rendre au bureau de vote. Il a affiché le Bougon sur sa porte, je le laisse tranquille.

Téléphone : 71 F 80. Jambonneau : 21 F 50. Aide ménagère : 33 F 75.

Il a bien fallu se résigner à la présence d'une autre femme chez soi, deux fois par semaine. Eudoxie s'accommodait mieux de l'ombre tour à tour dense et fluide de Blaisine. Rien à reprocher à Mme Richaud, sinon d'être une intruse. Lucien la fuit, Eudoxie ne sait trop que lui donner à faire. Commander à quelqu'un des tâches domestiques lui paraît incongru, voire scandaleux. En plus du ménage, Mme Richaud s'offre à prendre en charge l'entretien du linge. Eudoxie s'y oppose farouchement, il lui serait intolérable qu'une autre fourre ses pattes dans ses culottes douteuses et ses combinaisons défraîchies. Et depuis quelque temps, elle est obligée de frotter avec une brosse en chiendent les caleçons de Lucien avant de les mettre en machine, sans doute ne parvient-il plus à se contrôler correctement de ce côté-là. Eudoxie tient à leur intimité et frémit à l'idée que Mme Richaud pourrait repérer ces salissures.

A M. Poirier pourtant elle avoue son inquiétude : Lucien fait plus que se négliger, il se détériore. L'instituteur se veut rassurant, M. Bouvier a toujours eu des cycles mélancoliques durant lesquels il donne l'impression d'avoir vieilli de plusieurs années puis, d'un seul coup, il surprend par un rajeunissement spectaculaire. Pas dupe, Eudoxie : Lucien marche à présent pieds écartés et le buste cassé vers l'avant. Il se plaint de vertiges, non ce n'est pas son cinéma d'autrefois, l'autre jour elle l'a vu vaciller et se raccrocher au chambranle de la porte, que fera-t-elle s'il tombe et ne peut se relever ? Et lorsqu'il mange sa soupe, la cuillère tremblote, il en répand la moitié sur lui, le tenir propre devient très difficile, sans parler de la morve et de la bave… Cette fois M. Poirier s'alarme et conseille vivement de consulter.

5 juillet 1981. Marie-José vient d'avoir treize ans. Elle est pubère, m'a confié sa mère. Lucien a un parking-song. C'est une maladie qui ne se soigne pas, a dit le docteur. Il a quand même donné des médicaments.

Aide ménagère pour juin : 172 F 50. Gaz-électricité : 395 F 36. Commande Redoute (tricots de peau pour Lucien, protège-matelas) : 237 F.

Elle n'a plus le courage de noter le détail des dépenses, se limite aux grands postes. Celui des frais médicaux augmente. Celui de l'aide ménagère également, quatre demi-journées à présent. La pratique de la télé induit l'utilisation de termes à consonance anglo-américaine. Tous deux, tous trois en fait, s'installent après dîner devant l'écran. Nonotte et Lucien s'endorment rapidement, elle reste seule face à l'agitation du monde, ou aux déboires sentimentaux des couples. Parfois Lucien ne se réveille pas et passe la nuit dans son fauteuil. Elle n'ose pas le secouer pour l'envoyer au lit mais se relève vers deux heures du matin afin de vérifier qu'il n'a pas glissé de son siège.

La seule émission qui intéresse Lucien est celle des démonstrations de cuisine par Raymond Oliver. Il essaie de noter, n'y parvient pas – sa main droite ne suit pas –, appelle au secours :

— Venez vite, la patronne ! Et si vous nous faisiez ces endives au jambon en béchamel ?

— C'est trop compliqué, je ne saurai pas. Et puis ça m'embête !

Il se tasse dans une bouderie morne. Elle se décide à regarder, réussit à exécuter les deux tiers de la recette, c'est un peu sec mais Lucien semble heureux. Il reste à Eudoxie cette ressource de pouvoir encore accomplir quelques menus travaux, épluchages, balayages et même un peu de raccommodage si Mme Richaud lui enfile son aiguille. Lucien n'a même plus celle du bricolage, ses doigts intelligents d'inventeur et de fin mécanicien ont perdu toute précision. Une loque triste, des yeux errants qui, brusquement, s'accrochent à un objet inattendu :

— Elle est gaie votre lessive dans le vent. Ces chemises retroussées, on dirait des jupes de femmes.

Il adresse à sa belle-mère un sourire à la fois matois et marri. Peut-être n'est-il pas aussi gâteux qu'elle le craignait puisqu'il semble penser à ce qui se cache dans les dessous... Ce ne sont pourtant ni le travail ni les femmes qui l'auront usé, commente-t-elle en racontant l'anecdote à Pierrette. Cette dernière commence à parler de démarches auprès de l'assistante sociale, à la mairie : il ne faut pas tarder à déposer une demande d'admission à la maison de retraite départementale. Pour elle et Lucien bien sûr, mais non il n'est pas question de les séparer ! L'assistante sociale devrait pouvoir leur obtenir une chambre à deux même s'ils ne sont pas un vrai couple, au fond ils s'appellent M. et Mme Bouvier.

Un vrai couple ? C'est quoi, vrai ? Elle ne sait trop, elle sait seulement qu'elle ne veut pas abandonner Lucien. Lui se refuse radicalement à sortir d'ici :

— C'est chez nous.

Il dit chez nous, elle en est touchée, après tout c'est lui le propriétaire et elle l'usufruitière. Est-ce former un vrai couple que de lui tenir sa boutique, ainsi qu'elle l'explique à Pierrette, pour l'aider à pisser dans un seau hygiénique ? Sinon, il arrose et le parquet et son pantalon. Il avait d'abord décidé de suspendre le seau – le beau seau bleu d'azur assorti au bois peint de la chaise – à l'espagnolette de la fenêtre donnant au nord sur le boulevard, estimant fort pratique d'uriner ainsi, c'était juste la bonne hauteur. M. Poirier a averti Eudoxie : des petites filles du cours moyen n'ont pas manqué de le repérer en sortant de l'école – délurées à cet âge-là ! –, il serait préférable d'éviter des plaintes des parents. Eudoxie a eu le plus grand mal à expliquer le problème à Lucien : par moments il se ferme complètement, même sa voix à elle il ne l'entend pas. Reste le recours des billets doux, comme il y a quarante ans. De plus en plus souvent ils marmonnent chacun de leur côté, elle-même se déplace d'une pièce à l'autre en se racontant ce qu'elle doit faire ou ce qu'elle vient chercher, un roucoulement ténu, sourde basse obstinée soutenant ses actions et ses pas.

A l'automne il feuillette le nouveau catalogue de la Redoute et lui désigne une belle robe noire.

— J'aimerais vous l'offrir, ça vous irait bien ce drapé.

— Vous êtes fou ! Des drapés, j'en ai confectionné pour des clientes, jamais pour moi.

— Mais pourquoi ?

— Parce que je me suis toujours habillée à la modestie, comme ma mère.

— Bon, alors choisissez autre chose.

12 février 1982. Pour mes quatre-vingt-quatorze ans Lucien m'a offert un châle en laine des Pyrénées, très chaud. Il l'avait commandé à la Redoute, le colis est arrivé à temps. M. Poirier m'a apporté des roses, Pierrette une grande boîte de chocolats, Lucien en a déjà mangé la moitié. Je suis gâtée. Pierrette insiste à nouveau pour le placement.

Pierrette n'a toujours pas gain de cause. Elle obtient seulement qu'un infirmier passe trois fois par semaine pour la toilette de Lucien : il commence à sentir vraiment très mauvais, l'incontinence s'aggrave, sans doute aurait-il fallu l'opérer de la prostate. Lucien se prête avec une extrême mauvaise volonté à ces nettoyages – je ne suis pas un cheval qu'on étrille et bouchonne ! Toujours pressé, l'infirmier le bouscule ou lui astique le sexe sans ménagement. Il le traite même d'idiot un jour où Lucien refuse de se tourner et de se pencher. Eudoxie assiste aux séances en tant qu'interprète, elle éclate :

— Je vous interdis bien de lui parler ainsi ! C'est un homme très intelligent, il a fait des inventions remarquables. Et puis d'abord, vous n'avez qu'à avoir des gestes plus doux.

Tant qu'elle en aura l'énergie, elle défendra son homme. L'infirmier se refuse à remettre les pieds dans cette maison où la femme est encore plus folle que l'homme. Par chance, son remplaçant s'avère correct et délicat.

Un grand fracas en pleine nuit. Elle allume – à peine trois heures du matin –, se dépêche d'aller voir dans la salle à manger. Lucien gît au pied de son siège, gémissant.

— Vous vous êtes fait mal ?

— Non, pas trop. Mais je n'ai plus de force, je me sens tout mou.

Elle se penche, glisse tant bien que mal un bras sous l'épaule gauche de Lucien :

— Tenez-vous à l'accoudoir du fauteuil et tirez.

— Je ne peux pas.

— Faites donc un effort, j'en fais bien, moi !

Il se redresse légèrement, elle se plaque contre lui et pousse, il s'accroche à son cou, manque la faire tomber, elle résiste, il l'étreint dans un geste d'enfant éperdu, odeurs âcres, souffles rauques, ils sont si proches qu'elle ramasse au passage sur la joue un peu de sa bave. Elle parvient à le faire se hisser d'un cran, au dernier moment, malencontreusement, il repousse le fauteuil – les roulettes jouent en leur défaveur –, tous deux s'effondrent sur le sol, agrippés. Epuisée, elle reste un moment collée à lui, écoutant son cœur et sa respiration, elle le sent trembler, puis des spasmes, un râle étrange, pourvu qu'il ne lui fasse pas une nouvelle crise d'asthme ! Elle se dégage et se relève, va lui chercher un oreiller et une couverture avant de s'installer dans le fauteuil, à côté de lui, emmitouflée dans le châle douillet. Lucien dort, elle non. A six heures et demie, elle se décide à aller réveiller

M. Poirier. Lucien est réintégré dans son lit. Eudoxie moud du café pour elle et l'instituteur.

— Vous savez, si une autre chute se produisait et si je n'étais pas là, vous pouvez appeler les pompiers. Pour ce genre de cas, ils viennent tout de suite. Et puis ça peut vous arriver à vous aussi…

— Je sais. Mais Lucien ne voudra pas téléphoner. Il est trop sourd, il s'affolera. D'ailleurs, il n'a jamais touché à cet engin.

18 octobre 1982. Remboursements Sécurité sociale : 482 F. Pharmacie : 153 F 40. J'ai signé la demande pour le placement.

Mes doigts tremblent. Mes idées aussi, par moments. Le monde recommencerait-il à vaciller ?

La nuit dernière, j'ai rêvé de chevaux. Je me suis réveillé, j'ai revu mon père prenant un bouchon de paille et frottant les flancs du percheron. Avec ses bêtes il était d'une douceur extrême. Pas avec ma mère. Elle détestait les chevaux, leur odeur, leur crottin, tout ce qui est animal. Même les chats, c'était notre seul point de désaccord.

Mme Richaud achève de repasser le trousseau d'Eudoxie. Une pile de mouchoirs, une autre de serviettes, les chemises de nuit, pliées en trois. Le linge a été marqué à son nom. Une place s'est libérée à la maison de retraite. Une seule. Elles s'y sont toutes mises, Pierrette, l'assistante sociale, Mme Richaud, pour persuader Eudoxie de ne pas laisser passer cette chance : la liste d'attente est longue, si on l'accepte, elle, en priorité, c'est du fait de son grand âge, une fois dans la place il sera plus facile de négocier en vue d'une chambre pour couple, la séparation ne sera que temporaire... Ce oui qu'on lui a arraché ressemble fort à celui des filles que l'on contraignait à entrer au couvent : elle a repensé à ce roman prêté autrefois par M. Thomas, d'un nommé Diderot si elle se souvient bien, l'histoire finissait mal.

Pierrette arrive, elle a pris sa journée pour la conduire et l'installer à Boulogne. Lucien somnole dans un coin, étranger à ces préparatifs de bonnes femmes. Eudoxie a essayé de lui expliquer. De vive voix d'abord – il a aiguisé sa surdité –, puis par écrit. Il a lu le billet, a opiné sans commenter. Elle aurait préféré une réaction violente. Pierrette range les vêtements dans deux petites valises. Sa volubilité coutumière de gestes et de langage est suraccentuée : elle a combiné un arrangement avec le service social de la mairie, un préposé portera chaque jour à Lucien ses deux repas tout prêts, les mêmes que ceux de la cantine scolaire, Mme Richaud viendra tous les matins. Quant à M. Poirier, il jettera un coup d'œil avant de partir faire sa classe et le soir après le dîner, sans compter les passages de l'infirmier, plus les siens de temps à autre, non vraiment on ne peut dire que Lucien sera abandonné…

Il soulève les paupières en entendant son prénom. Surprenant, lui qui depuis des années ne perçoit plus que la voix de sa belle-mère. Il se lève, très raide – inquiète, Pierrette recule – et se dirige vers Eudoxie.

— Vous voulez vraiment partir ?

— Oui.

Il va chercher dans sa chambre une antique valise en carton bouilli, la lui tend.

— Tenez, pour emporter vos affaires.

Elle reste stupide, n'ose lui dire que l'essentiel est déjà emballé. Mme Richaud sauve la situation en prenant dans l'armoire quelques vieilles écharpes, plus la boîte à couture et un manteau défraîchi qu'Eudoxie avait renoncé à emporter. Elle fourre le tout, précipitamment, dans la grande valise. Lucien s'est déjà rencogné dans son fauteuil, absent.

Elle est là. Une petite chambre pour elle seule. En attendant. Pas malheureuse. Absente. Désemparée, les mains à plat sur les genoux. Par moments elles s'agitent, errantes, aveugles. La porte est toujours entrouverte. A heure fixe quelqu'un la pousse. Pour le goûter, ou le plateau-repas, ou les médicaments.

— Je suis servie comme une reine, affirme-t-elle à Pierrette. Je n'ai rien à faire.

Elle pourrait bouquiner à loisir, se rend compte que lire prenait sens ou n'était légitime qu'après un travail ménager. Pas de télé, il a été décidé de la laisser à Lucien. Bien sûr, il l'apportera lorsqu'il viendra. On a montré à Mme Bouvier la grande chambre réservée aux couples, une par étage. Occupée pour le moment par un homme ratatiné dans un fauteuil roulant et sa femme, grabataire. Il faudrait qu'Eudoxie souhaite la mort de ces deux-là pour que Lucien puisse la rejoindre ?

S'il accepte. Mais oui, il va bien. Pierrette tient à la rassurer : il dort beaucoup dans la journée, ce n'est pas plus mal pour lui. Par écrit, elle lui a proposé de rendre visite à sa belle-mère et de se rendre compte sur place de son futur domicile. Il a refusé. M. Poirier vient à Boulogne chaque mercredi : oui, M. Bouvier s'alimente à peu près correctement, non, pas de crises d'asthme ni de brûlures d'estomac, quant à Nonotte il devient obèse. M. Bouvier se branche souvent sur la BBC et s'enferme de temps à autre dans sa cabane-atelier pour faire tourner le moteur de la voiture.

— J'espère qu'il ne s'est pas mis en tête de la sortir, commente Eudoxie. Avec sa tremblote et sa surdité, il est bon pour un accident.

— Je le crois encore capable de conduire, à son train. De toute façon ne vous faites pas de souci, je veille.

Le chat grossit, faut-il traduire que Lucien maigrit, laissant à son compagnon l'essentiel des repas ? Il va de soi que personne ne lui dit la vérité. Comme ils sont gentils, tous. Ils la comblent d'eau de Cologne, de sucreries qu'elle donne aux aides soignantes et de fleurs qui s'étiolent très vite, la chambre est surchauffée.

Elle aussi s'étiole. Plus rien à noter, sinon les visites. Elles commencent à s'espacer. Elle s'y attendait. Chaque matin, sur son carnet de comptes, elle recopie la date du jour. Conserver au moins un repère de temps, ne pas se laisser diluer. Il lui arrive d'inscrire le menu de midi, histoire de remplir un morceau de page blanche, un laps de vide. Pour le dîner ce n'est pas la peine, elle se limite à une soupe et un yaourt. Disposer d'un cabinet de toilette personnel la déconcerte, une pièce rien que pour se nettoyer, un luxe incongru ! Nue, elle s'est vue dans la grande glace – à Meudon elle n'en avait pas. Le ventre effondré sur les cuisses. Ce qui fut des seins pendouillant jusqu'au nombril. Ni laid, ni beau. Etrange, un autre corps. Les muscles décollés du squelette, cordages flasques, Lucien s'agrippant à elle la nuit de la chute. Soudain sa main à lui, tirant désespérément sur l'une de ces draperies de chair, la déchirant et l'arrachant. Elle a fermé les yeux, vite elle s'est rhabillée. Une hallucination ? Deviendrait-elle gâteuse ? Ses jambes flageolent, parfois, mais non ses pensées, de ce côté-là elle se sent toujours d'aplomb. Une tentative pour retrouver Lucien, cette vision ?

Un samedi après-midi, Pierrette débarque et s'étonne de ce qu'Eudoxie ait placé une petite cuvette sous le robinet du lavabo.

— Il fuit ?

— Non, mais autrement je ne vois pas comment retenir l'eau pour me laver.

Pierrette lui explique comment fermer le fond. A quatre-vingt-quinze ans Eudoxie découvre le fonctionnement d'une bonde. A Meudon, elle installait une cuvette dans l'évier ou le bouchait avec un rond de caoutchouc. A-t-elle assez râlé après Lucien qui confondait la cuvette réservée aux humains, en émail, et celle pour les légumes, en plastique. Elle aimerait pouvoir encore l'engueuler pour ces dérisoires et essentiels problèmes domestiques. Comme le jour où il s'était emparé d'un faitout pour se faire un bain de pieds. Auparavant, il s'était coupé les ongles et avait raclé la corne, autour de sa chaise gisaient des débris jaunâtres. Tout en pestant elle balayait rageusement, il l'avait désarmée en déclarant mi-contrit, mi-farceur : Vous ramassez les copeaux, à ce que je vois.

— C'était… euh, c'est un homme d'esprit, affirme-t-elle à Pierrette.

— Un esprit un peu dérangé, tout de même…

— Vous ne l'avez jamais compris.

Pierrette est surprise par l'agressivité du ton. Vaguement culpabilisée, elle mijote une bonne action, avec la complicité de M. Poirier. Un dimanche de juin, ils réussissent à amener Lucien à Boulogne, prétextant que lui et la voiture ont besoin de prendre l'air, autant vérifier que "la fiancée" tient encore la route. M. Poirier préfère néanmoins prendre le volant.

Dans le salon de télévision, Eudoxie finit son café au milieu de cinq ou six vieilles rabougries. Lucien leur jette un coup d'œil dégoûté, ses lèvres s'agitent. Pierrette suggère qu'ils seront mieux dans la chambre. Jambes coupées, Eudoxie s'effondre dans son fauteuil. Lucien se penche sur elle, lui saisit les épaules :

— Mais qu'est-ce que vous faites dans cette cour des miracles ? Vous êtes folle de rester là-dedans ! Et cette odeur ! Vous avez vu leurs têtes d'épouvantail, à toutes ces bonnes femmes…

Pierrette essaie de s'interposer, elle aurait dû se méfier des réactions imprévisibles de Lucien, ratée, sa tentative de réparation. Il la repousse violemment et se met à secouer Eudoxie :

— Vous allez rentrer à la maison, hein la patronne ? Vous allez rentrer immédiatement ! Vous n'allez pas me laisser seul plus longtemps avec elles…

M. Poirier l'entraîne vers la porte avec une fermeté douce, très pédagogique. Sur le seuil Lucien se retourne :

— Et d'abord, la plus belle ici, c'est vous !

Le soir, en lampant sa soupe tiédasse, Eudoxie rumine. Personne ne lui a jamais déclaré qu'elle était belle. Peut-être Lucien a-t-il voulu dire qu'il n'était pas difficile de l'être parmi ces malheureuses décaties ? Mais, juste avant, de qui parlait-il donc ? Elle ou elles ?

L'eau de la glace a frissonné, elles sont de retour.

Je n'en ai plus peur mais je voudrais que toutes mes femmes me retrouvent. Et se retrouvent ensemble. Toutes. Celle aux yeux bleus, celles aux yeux châtaigne.

Il faut que j'y pense, très fortement. Comme je le faisais, enfant, afin que maman me rejoigne dans ma chambre le soir. Des fois, ça marchait.

Sur la table de la cuisine un bol de framboises, tout juste cueillies. Ses doigts tremblent doucement pour en éprouver le charnu légèrement velu. Elle s'assoit, en savoure deux ou trois. La jouissance des fruits. Lucien la regarde, le chat en écharpe sur la nuque.

— Eh bien, vous en avez mis du temps à rentrer au bercail !

— Je ne reviens pas, je passe juste deux jours. Pierrette vous l'a expliqué, je pense.

Eudoxie a obtenu de Pierrette qu'elle la ramène à Meudon, pour un samedi et un dimanche. Il lui était douloureux de rester sur l'impression de la malencontreuse visite à Boulogne. A la maison, elle pourra parler calmement à Lucien, le rassurer. Oui bien sûr, ça lui fait plaisir en même temps de revoir les lieux, le jardin, ils s'estompent si vite qu'elle se demande parfois s'ils existent encore – et l'odeur des framboises, est-elle encore capable de la percevoir ? Non, non, elle n'a pas l'intention de s'incruster, elle rentrera sagement à Boulogne le dimanche soir, elle le promet, comme une gentille pensionnaire. Pierrette a résisté, elle s'est décidée lorsqu'elle a entendu Eudoxie marmonner : Je voudrais que ça s'arrête, c'est trop bête de durer comme ça. Protestations d'usage, allons allons, vous avez toujours bon pied bon œil, et toute votre tête, beaucoup de vieilles ici vous envient et les soignants proclament que vous êtes la plus fraîche, ils comptent sur vous pour être leur centenaire dans cinq ans. Cette fois Eudoxie a grommelé, pas aimable du tout, ils peuvent toujours attendre, elle ne sera pas la centenaire de service, elle leur fera faux bond bien avant !

Pierrette rapporte de la voiture un sac avec quelques effets de nuit appartenant à Eudoxie et de quoi manger. Ce premier week-end de juillet, elle est très affairée avec l'anniversaire de Marie-José qui a voulu une grande fête pour ses quinze ans. Pierrette est un peu ennuyée de les laisser tous les deux seuls, d'autant que M. Poirier vient de partir en vacances, mais elle a tellement à préparer chez elle, et puis c'est bien cela qu'ils veulent, être tranquilles rien qu'entre eux, non ? Elle vérifie que Mme Richaud a mis des draps propres au lit d'Eudoxie, enfourne dans le réfrigérateur saumon fumé, terrine de lapin, champagne et gâteau au chocolat, le tout prélevé sur le repas d'anniversaire de Marie-José, prend encore le temps d'aller ramasser quelques dahlias – un beau bouquet pour vos retrouvailles ! – et se sauve à toute vitesse.

— Toujours agitée, la Pierrette, commente Lucien.

— Oui… mais tellement serviable.

— Il faut bien qu'elle justifie son existence. Et comme sa fille ne lui suffit pas…

Il la surprendra toujours. Pour un reclus soi-disant somnolent, il a des antennes. Curieux, elle n'a pas vraiment envie de protester bien qu'elle l'estime injuste à l'égard de Pierrette. Elle se laisse dire que la folie chez lui s'accompagne d'une forme particulière d'intelligence.

Il a maigri, moins qu'elle ne le craignait. Le chat glisse de son épaule, s'approche pour la renifler, elle le caresse poliment, tâte le dodu sous la fourrure.

— Dites donc, vous l'avez bien nourri !

— Pas moi, la mairie. Ça fait partie de leurs bonnes œuvres.

Le bleu pâle de ses yeux s'anime, pétille d'ironie. L'air malin de quelqu'un qui mijote une bonne farce. Quelque chose a travaillé en lui, elle ne saurait dire quoi. A-t-il été prostré, par moments, ou délirant ? Il n'en parlera pas.

— Vous me donnez le bras pour faire un tour dans la maison ? Je me sens un peu étourdie par le changement.

Le trajet d'une pièce à l'autre lui paraît plus long qu'autrefois, voire hérissé d'embûches. A Boulogne elle s'est rencognée, délaissant peu à peu la pratique de la marche puisque aucune tâche ne la requérait. Certains meubles présentent des angles menaçants, son corps a perdu la mesure de ces lieux. L'espace d'ici n'est déjà plus le sien. Sa chambre à la maison de retraite n'est pas sa chambre et elle ne désire pas qu'elle le devienne. Elle s'arrête, regarde la photo d'Armand Bouvier sur la cheminée. Pour un peu elle demanderait : Qui c'est celui-là ? Celui qui lui aura fait rencontrer Lucien.

— Tiens, vous avez ôté le Bougon de sur votre porte.

— Ben oui, puisque vous êtes revenue.

Il l'invite à pénétrer dans sa chambre. Elle aperçoit dans la glace le visage flou, vivant, lui semble-t-il, de Marceline la noyée du lac. Lucien a raccroché sur le mur d'en face la photographie au cadre ovale.

— Ah, elle est revenue.

— Vous étiez partie…

Séparés depuis cinq mois, ils se comprennent à demi-mot. Une logique rien qu'à eux, même s'ils n'ont jamais tenté de l'expliciter. Une évidence lisse.

Durant l'après-midi elle s'assoupit vaguement dans son fauteuil. Elle rouvre les yeux, réveillée par une odeur bizarre, aperçoit près d'elle un Lucien étrange, comme déguisé. Puis elle saisit : il a revêtu ce très ancien costume en tussor, celui des demoiselles russes et du déjeuner sous la tonnelle avec Mme Léone et M. Thomas.

— Vous l'êtes, beau…

M. Poirier ne s'était pas trompé, Lucien est encore capable de rajeunissements déconcertants. L'odeur âcre est celle de la naphtaline. Eudoxie en fourrait régulièrement dans les poches de ce qui lui semblait un costume de roman, à conserver soigneusement telle une pièce de musée.

— On pourrait dîner de bonne heure et après faire un petit tour en voiture, juste avant la nuit ?

Elle acquiesce, contente qu'il soit l'ordonnateur de son bref séjour. Il met la table dans la salle à manger, sort une nappe blanche, l'argenterie, le service *Flora*, place le bouquet de dahlias au milieu.

— Mais c'est la fête !

— Evidemment ! Dommage que vous n'ayez pas voulu de cette robe drapée, elle aurait été assortie à mon costume.

Elle sourit, attaque avec appétit une tranche de saumon fumé. Une coupe, une seconde – je n'avais jamais bu du champagne avec du saumon, ça va très bien ensemble ! –, la voilà qui raconte quelques histoires, tristes et drôles à la fois, sur les pensionnaires de Boulogne.

— Vous n'allez pas retourner là-dedans, hein ?

Elle esquisse un geste évasif, demain elle lui parlera. Sérieusement, raisonnablement. Demain. Ce soir, ils s'offrent leur premier souper fin en tête à tête. Lucien dévore une bonne moitié de la terrine puis quatre morceaux de gâteau.

— Vous allez vous rendre malade.

— Mais non ! Et puis, quelle importance ?

Pas de doute, c'est soir de licence. Il a raison, quelle importance ? Elle reprend une tranche du gâteau, dépose la dernière dans l'assiette de Lucien. Il remplit encore leurs coupes :

— Je vous emmène jusqu'à La Délivrance ?

— Euh… si vous voulez.

Elle a fort bien entendu, Lucien joue avec les mots, ce n'est pas pour lui déplaire.

— Il fait doux mais prenez tout de même votre châle. Les bois sont humides le soir, je ne voudrais pas que vous preniez froid.

Elle a compris, ils vont à Trivaux. Une dernière gorgée de champagne, Lucien fait tinter sa coupe contre la sienne d'un air malicieux :

— En route !

— On ferme les volets ?

— Ce n'est pas la peine.

Appuyée sur sa canne, elle attend à côté de l'atelier-garage qu'il sorte "la fiancée", pas de doute le moteur tourne rond. La clarté des pivoines. L'odeur nocturne du chèvrefeuille. Elle est heureuse de les avoir retrouvées, pour quelques instants. Tandis que Lucien lui ouvre la portière avant et l'aide à se hisser et à s'installer, le chat vient se frotter contre le pantalon en tussor :

— Tu veux venir avec nous ? Allez, hop, monte !

Nonotte se coule et se couche à l'arrière, comme si la place lui était réservée depuis longtemps. Lucien allume les codes et vérifie l'accrochage des ceintures. Il conduit lentement mais sans hésitation ni raté. Eudoxie constate avec plaisir qu'il emprunte l'itinéraire le plus long, celui qui passe par leurs noms de lieux favoris. A cette heure entre chien et loup, elle les reconnaît sans peine : rue des Vertugadins, puis les carrefours de Fleury, du Carré-aux-Pièges, de la Justice, et ceux des Fonds-de-Bel-Ebat, de la Garenne, et maintenant la Fontaine-aux-Lins. Elle les marmonne lentement, telle une litanie amoureuse. Trivaux n'est plus bien loin. Nonotte commence à s'agiter et à renifler, nerveux. Ses pattes astiquent les vitres à peine entrouvertes en patinant.

— Il sent les bêtes de la nuit, explique Lucien.

— Ou la mort.

La voiture longe l'étang. Un ciel gris délavé. Les masses paisibles des arbres, leurs reflets immobiles. Lucien quitte le chemin empierré et se dirige vers la rive. Eudoxie pose une main tout aussi paisible sur celle de Lucien, par-dessus le volant qu'ils maintiennent calme et droit. Les doigts de Lucien ne tremblent pas. Elle regarde la surface de mercure, toute proche, puis le profil décharné, si nettement dessiné. Lucien accélère. Derrière eux le chat s'affole. Un miaulement d'angoisse, de plus en plus fou. Promptement étouffé par la montée des eaux.

Ouvrage réalisé
par les Ateliers graphiques Actes Sud.
Achevé d'imprimer
en février 1994
par l'Imprimerie Bussière
à Saint-Amand-Montrond
sur papier des
Papeteries de Jeand'heurs
pour le compte des éditions
ACTES SUD
Le Méjan
13200 Arles.

Dépôt légal
1re édition : mars 1994
N° impr. 555